菩提經

鬼道品

言雨——著

目次

楔子

渤海之東不知幾億萬里……其中有五山焉：一曰岱輿，二曰員嶠，三曰方壺，四曰瀛洲，五曰蓬萊。

《列子・湯問》

諸比丘，此鐵圍外，復有一重大鐵圍山……兩山之間，極大黑暗無有光明。日月有如是大威神大力大德，不能照彼令見光明。

《起世經・地獄品第四》

彼時天落不周，四海同陷惡勢，生機不復。維舟天定日月、扶傾溺，威能成就無上功德。是以獨尊須彌，即聖位號舟溺。後三千祥和，六道有序，異端不發。

《大寶善提經・舟溺品第一》

一、餓鬼

「好想當個畜生。」

「講啥鬼話！」

對於胡言亂語的女兒，紅荊向來不會手下留情，一記結實的拳頭敲在腦門上。柳條搗著頭，痛到兩顆碗口大的眼睛蓄滿淚水。秋日的涼風吹過玉米田，綠油油的葉子在風中招搖。今年第一批播下的種已經長得比柳條還高，花苞躲在枝葉間準備成熟抽穗。玉米有望豐收，柳條手壓著腦門眼睛望著小小的花穗，偷偷在心裡向舟天聖主祈禱，拜託祂能讓其中幾個花穗枯死。

只要幾個就好了。

柳條忍不住伸出舔舔嘴唇，把要滴出牙口的口水給收回來。就算以薜荔多的標準來看，她也不是什麼惹人憐愛的小鬼。滿口大暴牙不說，又紅又亂的雜毛中豎起兩只大耳朵，黑皮膚粗得像砂紙。她對自己的長相唯一滿意的就是兩個大眼睛，就是紅荊和白楊嬤也沒有她這麼漂亮的眼睛。

她的大眼睛緊盯著那些花苞，然後又趕緊閉上，再祈求一次。只要幾個就好，幾個長不好的玉米穗，可以讓媽媽決定提前摘下來，以免妨礙其他更大更好的玉米結穗。幾個能用滾水燙過，變成香甜可口的晚餐，不要只有泥灰般無味的渣餅……

「又發呆！」

今天第二拳打在柳條頭上。

「別再打了，再打我會變更矮！」柳條喊道。

「活該。妳沒聽天眾是怎麼說的，這叫自作自受。不認真種田，報應就是被打、長不高。」紅荊罵道：「快把這一壟的草拔完，雜草可不會因為妳偷懶就不長。」

看看她，同樣的紅髮暴牙，柳條真不幸像到媽媽。要是她繼續這樣愛生氣，以後說不定就會像母夜叉一樣頭上長出肉瘤，甚至是角。想到這裡，柳條打了個冷顫，躲到玉米的影子下拔草。

紅荊撐起鼻孔哼了好大一聲，才往玉米田深處爬去。柳條偷偷看著她的背影遠去，牙齒忍不住在嘴唇上叼呀叼的。她一點也不想工作，一屁股坐在泥地上，扯著玉米葉子發呆。她細瘦的四肢和大肚子也遺傳自媽媽，母女身上都圍了兩塊黃布，一條腰間一條胸前，看著媽媽的背影和看著鏡子幾乎沒有兩樣。與其凡事都像媽媽，柳條寧願當個畜生。

當畜生多好，可以在山野裡到處跑，可以吃肉、吃草、吃水果，不像他們這些薜荔多，永遠只有吃也吃不飽的渣餅。渣餅的顏色看起來像泥巴，吃起來也像泥巴。柳條痛恨渣餅，如果她有大神通大法力，第一件事就是消滅三千大千世界所有的渣餅。

「柳條、柳條妳在嗎？」

柳條從白日夢中醒來，鑽進田間尋找聲音的來源。聽聽這銀鈴般的聲音，來的一定是銀枝，有一頭白髮和乳黃膚色，渾圓、嬌小得宛若一顆白鳳豆的銀枝。

「柳條？」

「銀枝！」開心的柳條伸出手，抱住銀枝滾出玉米田。

「唉唷，別玩了！」銀枝嚇得趕緊四肢撐地，穩住身形。柳條手一個沒抓穩，呼嚕呼嚕滾過田埂，躺在草叢裡哈哈大笑。

「柳條？」銀枝撥開雜草呼喚她。「柳條別玩了，我不能玩，也沒有時間玩。」

「銀枝、銀枝！」柳條跳出草叢，親暱地捏一下銀枝細小的手臂。「妳老是這麼嚴肅。告訴我，妳的花田怎樣？」

「我的花田很好，花都開滿了，馬上就要結籽。」

「真好，我也想種葵花，而不是這些無聊的玉米。銀枝、銀枝，你去拜託監齋，讓我也到你的花田去好嗎？」

聽柳條這麼說，銀枝只是微笑。

「唉唷，不要光是笑，拜託妳啦！」柳條對銀枝雙手合十說：「我會很努力幫你拔草還有抓蟲子，就算要吃蟲子也行。」

「別假了，我知道妳想什麼。等收完花籽，要繳出去的一顆都不能少。不要以為花籽小小一顆就容易蒙混過關，天眾可是有神通，一千隻眼睛在天上看著。」銀枝說：「別忘了我們要還我們上輩子的債，等我們債還完，不要說葵花籽，來世三十三天上的逍遙快活，我們人人有份。」

柳條鼓起嘴巴。明明銀枝也才大她不到兩歲，怎麼總是扮老教訓人？監齋一定是看她乖又老成，才會讓她到花田工作。真好，柳條好希望也有個監齋能看到她好的一面，幫她安排到更好的田裡，有更肥沃的土能耕作。只要有更好的收成，監齋就會配給他們更多的……

渣餅。

「不要渣餅。」

「妳又自言自語。」銀枝取笑柳條。「不要再想渣餅了，肚子餓等太陽下山就能吃東西了。」

「我好想吃東西。」柳條撇下嘴。「什麼都好，就算是雜草我都啃。」

銀枝忍不住失笑說：「妳唷，就知道吃。我剛才已經忙完花田的事，我們一起到薔山找看看有沒有艾草好不好？」

「艾草？」聽見艾草，柳條眼睛亮了起來。艾草的嫩葉嚼起來滿嘴清香，受不了渣餅時最適合拿來開胃。

「沒錯，艾草。運氣好，說不定厝腳草也都開花結籽，還有整牆的薜茘果。」

柳條搔搔頭，露出笑容伸手捏她的鼻子。「妳還說我只想著要吃。」

銀枝撥開柳條的手。「好啦，被妳抓到了。說到底，妳是要去還是不要去呀？」

「當然要去，我也想看有沒有薜茘果！」柳條喊道：「妳等等，我去把土松、土桂叫來，還有七層和九尾——」

「等等、等等，妳不要這麼大聲。」銀枝趕緊壓住她的手和肩膀。「我們要偷偷溜出去，又不是什麼光明正大的事，不用把整個村的小鬼都叫出洞。」

柳條趕緊摀住嘴巴，點點頭壓低聲音說：「不用把整個村的小鬼叫出洞。」

「妳這傻子，不要學我說話。」害羞的銀枝也壓低聲音，拍拍綁在腰間的麻布袋說：「我們早去早回，妳田裡的事都做完了吧？」

「都做完了。」柳條說起謊臉不紅氣不喘。天真的銀枝沒想到要懷疑她，挺起四肢在前面帶路。

當個薛荔多可不容易呀！

初秋的天氣正好，天青雲朗，仰頭就能看見淡藍色的仙宮和白雲相間，裡頭藏著夜晚才會發光的月亮。太陽在三十三天上繞著圈圈，溫暖的光芒帶來晝夜晴晦。除了偶來的暴風雨和地牛翻身，柳條的家鄉四季風調雨順。媽媽說過生活在小村裡是福，所以這裡才叫小福村，就像薔山上真的有一列土牆一樣。

雲層上有庇護三千世界的天眾，薛荔多負責從土地裡種出作物，供養十方威德天眾。他們美麗的身影時不時會在天邊一閃而逝，隨侍的香陰帶來香雨樂聲為他們開道。柳條有次跟在它們後面，偷偷撿了一片香陰掉下來的花瓣回洞裡，有好幾天睡覺時都夢到自己被接到天上的仙宮享樂，無憂無慮大啖玉米、豆子和椰子。如果能喝到一杯椰奶，柳條這輩子也就值得了。

他們往薔山的方向走，嬌小的銀枝得四肢並用，像烏龜一樣低頭努力。不像柳條，活潑的她時不時往前猛跳幾步，跳到石頭和大樹的殘株上，伸長脖子眺望遠方。

「銀枝、銀枝，快點，我看到土牆了。」柳條呼喚銀枝跟上。「太陽要下山，月亮快出來了。」

氣喘吁吁的銀枝伸出手在頭上揮兩下，窘迫的樣子逗得柳條哈哈大笑。他們已經走出玉米田的範圍，放眼望去全是半身高的青草，還有枝條糾結的灌木叢。太陽頗烈，山上棚蓋般的綠蔭正在向他們招手。

「銀枝、銀枝，快點！」

「妳自己先爬上去吧。」銀枝有氣無力地回道：「我追不到妳……」

「唉唷，別這樣說。」柳條跑下山讓銀枝搭上自己的肩膀。「快點，我扶著妳，我們一起爬上去。」

「妳這淘氣鬼。」銀枝搖頭嘆氣。「什麼時候能有一點定性呢？」

「妳說什麼我聽不懂，我只知道天氣好、吃飽飽。」柳條格格笑說：「妳看那邊、這邊到處都是艾草，我們今天來對地方。」

「別通通摘光。留幾枝老欉，之後才有更多能摘。」銀枝說。

「知道、知道。」

柳條張大嘴巴，想多吸一點山林清爽的氣息。她的力氣背不起銀枝，兩個小鬼有一搭沒一搭，邊走邊笑鬧，讓辛苦的上山路輕鬆一些。好不容易終於爬上半山腰，一列高聳的土牆橫在他們面前。從小福村的方向上蓄山，只要到達山腰就會遇上這座牆，這麼多年來居民們也習慣了。

如果真有事非得越過薔山的話，大不了從山腳下提前繞路，再不然土牆也並非天衣無縫，總有縫隙能鑽。

當初堆這道牆的人想必無聊得緊，非要和這些土石過不去，圍住大半個山頭擋人通路。銀枝和柳條鑽過土牆的縫隙，找到一大片艾草，摘得不亦樂乎。茂密的草葉一把一把到處長，柳條照銀枝的吩咐，小心只選頂端最細嫩的部分，沒多久就摘煩了。

無聊的柳條爬上土牆，蹲坐在上頭深吸一口氣，小小的胸口盈滿涼爽的氣息。她抬頭望，濃密的藤蔓遮住整列土牆，底下紅褐色的土石幾乎要看不見了。待熟的果子像綠色的玉球，藏在橢圓的葉片下，看到這麼多果子，柳條的心臟忍不住砰砰跳。

「銀枝妳看，薜荔果愈長愈多了。」柳條回頭喊說：「等成熟時我們一定要再來一趟，把所有的果子給摘回去。」

「我們哪裡摘得完呀？」銀枝解下綁在腰際的粗麻袋，揮手要柳條下來。「快過來幫忙，早點摘完我們可以早點回去。要是拖到時間，讓巡夜的針口囉嗦就不好玩了。」

柳條搔搔腮幫子，嘛了嘛嘴跳下半塌的牆。她在草叢裡學蟋蟀跳，追著可憐的蝴蝶穿過大半個山坡，然後捏著一把參差不齊的厝腳草回銀枝身邊。

「妳看。」她張開手心對銀枝獻寶。

「妳摘到好東西。」銀枝苦笑道：「不過我今天要摘的是艾草。」

「厝腳草也很好。」柳條說：「銀枝，妳知道什麼是厝嗎？」

「我不知道。」

「那一定是我們沒看過的精靈，給她的腳踩過的地就會長草。」

「妳這是從哪裡聽來的？」

「我自己想的。妳想想看，媽媽說我們就是和薜荔果一樣結得多、生得多，所以才叫薜荔多。厝一定也是一種精靈，和我們一樣到處走。」柳條嘆氣。「如果我們也能像精靈一樣到處走到處吃該有多好？」

「妳這小傻瓜。」銀枝忍不住苦笑。廣袤的天空下兩個小小的身影，從遠方望去幾乎聽不見他們的笑聲。初秋的午後有鈴鐺般的笑語嚶嚶作響，直到驚雷劃破天空，將雲幕撕裂開來。

二、村長的消息

「阿修羅殺過來啦！阿修羅殺過來啦！」白楊嬤驚聲尖叫：「阿修羅殺過來啦！要把我們全吃光啦！」

紅荊跳上界石張望。柳條在哪裡？

「阿修羅來啦！」

紅荊必須非常專注，才有辦法聽見柳條的心跳聲，被白楊嬤這麼一鬧，她原先聽見的細微呼叫聲又不見了。那個調皮搗蛋的壞孩子，玉米田裡沒有她的心跳聲。驚雷的餘響在空中迴盪，紅荊手腳顫抖。到底發生了什麼事？那道雷代表什麼？

本來負責巡夜的針口鬼通通跑出來，在田埂上仰首尖叫。從大肚子裡衝出的氣流穿過他們針一般細的咽喉，鼓動聲帶形成尖銳的共鳴，響徹小福村的田園。

閉嘴！

紅荊在心裡罵道。這些沒用的傢伙，除了尖叫之外什麼也不會。看那些針口張大嘴巴，在田埂上亂跑亂滾，猛揮手上的紅旗要所有的村民躲回地洞，紅荊就覺得好笑。要是沒有監齋給他們當靠山，這些針口會跑得比誰都快。

有個針口指著紅荊尖叫，打手勢要她快躲起來。紅荊爬下界石，躲到玉米的陰影下。針口們怪聲怪叫遠去，她的耳朵總算恢復清靜。

還是沒有聽到聲音。

「紅荊？」

紅荊左眼往身旁瞄，右眼依然看著前方。是七層和九尾的媽，千金。

「妳有沒有看到什麼？」千金頭壓得低低的，身體幾乎趴在泥地上，好像生怕有人從天上偷看她。「雷聲轟隆隆，嚇死人了。」

小福村只有薛荔多，哪來的人可以嚇死？紅荊嚼著舌頭，沒把話說出口。她兩個身材粗壯的兒子前後把頭探出玉米田，頂上天的雜毛左右晃實在令人發噱。紅荊不理會他們，繼續眺望凝聽。

「紅荊仔妳有沒有看到什麼了？」千金又問了一次，口氣顯得不耐煩。可是紅荊打定主意不理她，不回答就是不回答。

她看到什麼？天空中突然有一團藏青色的靈氣蠕動，然後是一道金光掩蔽太陽，震開雲層炸出那聲嚇人的雷。然後突然什麼光都暗掉了，第二聲雷和回音疊在一起，震得她的玉米們差點軟腳倒地，血本無歸。

柳條到底在哪裡？

「妳家柳條呢？」

紅荊快氣炸了，巴不得手上長出藤條，好把千金那張賤嘴打爛。她聽不見柳條的聲音，也看不到她的身影，她女兒到底跑到哪裡去了？

「阿修──」

「閉嘴！」

紅荊尖叫，抄起石頭往白楊嬤丟過去。田野間的薜荔多嚇得做鳥獸散，就怕突然暴衝的惡鬼撲上來撕爛他們的臉。這午後開始，什麼都不平靜了。事後有些薜荔多回憶時想起，或許幾天前掃帚星飛過就是一個徵兆。

※

銀枝抓緊柳條，抓起布袋像瘋了一樣往牆後鑽。驚惶失措時，腦袋瓜總是會有不少亂七八糟的想法。比如柳條，事後回憶時除了嚇人的巨響和震動之外，還有一個掙扎扭動的恐怖影子。被巨響嚇壞，銀枝兩隻手在前面爬，兩隻腳抓著柳條的手，拖著她躲進兩塊大石間的縫隙。

「那是什麼？」柳條問：「我們出去看──」

「不要！」銀枝把柳條的頭往下壓，不讓她鑽出去偷看。「我們就躲在這裡，不要出去。外頭有壞東西，那些壞東西好可怕……」

她哭了。柳條把銀枝抱在懷裡，拍她的頭髮安撫她。聲音太可怕了，嚇壞情有可原。柳條自己也怕得要死，手腳不停發抖。但是她得去看看到底是什麼東西，如果是壞傢伙會危害到村子的安危，要趕快通知大家知道才行。

「我要出去看看。」柳條往外走，一團黑影在銀枝來得及將她抓回石縫前，嘩啦打在柳條頭上。突然間大地震動，整列的土牆喀拉喀拉亂響，大大小小的土塊翻下來打得兩人尖聲亂叫。

「快跑！」柳條硬是把銀枝拉出石縫，連滾帶爬往後退，躲到土石打不到的地方。土牆的陰影隨著搖晃拉長，撲向他們，把他們壓進大地深處不得翻身……

柳條和銀枝沒命地逃，好在那恐怖的牆影沒多久就放棄了。大地回復寧靜，幾顆砂石滾落之後，土牆看起來又像往常一樣無害，靜靜佇立在山腰不動。銀枝和柳條停下腳步，抱著彼此戒慎恐懼觀望。

「它會倒嗎？」柳條問。

「我、我不知道……」

「要快一點回去，太陽快要下山了。」

「沒錯，太陽快下山，我想快點回去，我們要快點回去。」

他們兩個都嚇得語無倫次，只想早點回小福村，早一點是一點。況且柳條身上沾滿了一種焦黑黏稠的恐怖東西，逃跑途中銀枝身上也沾到一些，那味道光聞就噁心。

「我們得快點洗一洗。」銀枝說：「這好像有毒。」

「我們去二點水洗。」柳條建議，這下又多一個快快下山理由。他們對看一眼，深吸一口氣同時跑起來。不知道是不是心裡頭有鬼，柳條感覺他們這次比剛才跑得還慢，有個搔癢難耐的好奇心在她拔腿狂奔的同時，引誘她回頭偷看。

不行！

柳條抓緊銀枝的手繼續往前跑，中間只停下一次撿銀枝落下的麻布袋。一到坡度夠陡的地方，柳條立刻抱緊手腳用滾的滾下山，往二點水的方向直去。沿途飛濺的草屑、泥沙沾在她身上，柳條的身體變得愈來愈髒，腳下留了一道黑乎乎的軌跡，指向薔山的半山腰。

她可沒心情管這麼多。二點水是流向小福村的溪流源頭，順勢在薔山山腳下積了兩處池塘，所以被村民們喊作二點水。來到熟悉的池塘邊，柳條終於沒那麼緊張，敢放慢腳步回頭眺望薔山。山上的土牆看起來好小，沒剛剛恐怖嚇人，更沒有不知名的魔怪從天而降威脅生靈。事實上，籠罩在他們身上的不過是山的影子，太陽要下山了。

「真恐怖。」柳條對土牆吐舌頭，噴了一嘴口水，吃到沾在嘴邊的草屑。「呸、呸、呸！」

「妳這傻瓜。」晚到的銀枝說：「快過來這邊洗一洗。」

「這東西好噁心。」柳條把舌頭吊嘴巴外，她沾到的怪東西味道噁心到她不敢收起舌頭。

「都是鐵鏽味，又稠又腥！」

「快過來。」銀枝耐著性子拉她到水邊，幫忙她打理乾淨。黑色的髒污流到水中變成紅通通的鐵鏽色，似乎連小池塘都討厭這噁心的東西，滴溜溜的水急著把擴散的汙染往外推，推進溪流裡沖走一乾二淨。

「這到底是什麼東西？」柳條一邊洗一邊問：「妳看過這麼噁心的東西嗎？」

「沒有。」銀枝搖頭說：「我從來沒看過。」

柳條抬頭望向薔山，挖兩下鼻孔沒有說話。她剛才就覺得鼻子癢，只是滿手髒不敢動手，就怕髒汙跑進鼻子裡。

「柳條、柳條！」

柳條轉頭看，土松、土桂、土蔘、土藤，還有一整票的小薛荔多跳上跳下衝到他們身邊。

「柳條、柳條，妳跑到哪去了？」帶頭的土松衝到她面前說：「紅荊急著找妳，白楊嬤又發瘋了，妳們快點回去！」

「媽媽和阿嬤？」聽見家人都等著她，柳條不禁遲疑起來。或許急著回村子不是好主意。她是對的。

不知道什麼時候，銀枝跑得不見蹤影，實在是個聰明的小滑頭。一回到村裡，衝上前逮住女兒的紅荊立刻火力全開，把柳條罵到抱頭顫抖縮成一團。

「玉米田的工作放空城，跑去玩到連個鬼影子都沒有，妳以為自己有天眾的金鋼不壞身嗎？還是妳身上有什麼大神通我不知道，讓妳以為自己厲害到可以降伏妖魔？弄得全身髒，搞到全村雞飛狗跳，妳很行嘛！這麼厲害下一次阿修羅打進來的時候送妳上陣當前鋒好了！」

「阿修羅！」聽見阿修羅的威名，白楊嬤趕緊伸出手要把柳條藏到背後。困窘的柳條躲也不是逃也不是，左腳就這麼被白楊嬤拉著，右半邊的身體想辦把保持平衡，藏著臉不敢面對紅荊。

紅荊一頭紅髮似乎正在熊熊燃燒，齜牙裂嘴彷彿要噴出火來，正好和焰口這個階級來個名副其實。

「好了、好了。」眼看罵得差不多了，虎仔花村長出來緩頰。「柳條只是愛玩跑出去，又沒害誰受傷，不要緊啦。」

村長說話了，紅荊怒目瞪柳條最後一眼，抓住她的左腳甩開白楊嬤的糾纏，帶著女兒和媽媽回到集結的隊伍中。小福村的薜荔多們聚集在村子中央的老茄苳下，針口舉著火把圍在四周，大大的眼睛映著跳動的火光。虎仔花爬到老茄冬根部突起的大樹瘤上，大樹瘤大到足以站上三個村長都嫌寬敞，還有地方擺上一簍玉米讓監齋檢查。

不過主要的用途還是對群眾說話。

「今天黃昏出大事大家都知道了。」虎仔花說：「剛剛我和巡夜的針口們談過，晚上大夥要注意一點。到底發生什麼事針口還在查，不過應該很快就有消息。待到明日天光，會再通知大家。」

「要是一直沒有查到消息呢？」住離二點水最近的貼耳狗憂心地問。她的地洞離村中心最遠，孩子們也都還小。

「我會和針口說，要他們加緊巡夜。大家都放心不要害怕，針口和監齋會幫忙注意這些侵擾，以免傷到我們的田地。」虎仔花想了一下，又開口說：「然後有椿消息纓口本來要我別說，不過今天出了事情，我覺得這時候說正好。」

虎仔花愈說頭抬得愈高，顯然對這椿消息很有自信。

「什麼消息？」站離她最近的千金問道：「是什麼消息這麼重要，纓口不讓妳提早講出口？」

「三十三天上的玄揠龍王，會到我們這附近。」虎仔花得意洋洋地說：「牠奉三十三天聖主的命令，要來巡視小福村！」

向來容易激動的薛荔多們面面相覷，難得一次出現和平時相反的反應。和不少年幼的小鬼一樣，柳條拉拉媽媽的手問：「聖主是舟——」

「閉嘴！」母親們異口同聲回了這一句，細碎的噪音安靜下來，白楊嬷的聲音因此加倍明顯。「龍。」她說：「要來吃掉我們了！」

「不是。」佈告沒收到預期效果的虎仔花狼狽地說：「龍王才不會吃我們這種薛荔多。牠們和三十三天上的天眾一樣，都只吐納香氣和精油。」

「我們從來沒看過龍。」千金說：「我是說我們只看過牠們在天上飛，還有天眾、聖主……」

她的聲音縮得小小的，最後消失不見。從沒聽過的東西要來小福村，景仰傳說中的龍是一回事，龍王真的出現又不一樣了。

「不用擔心。你們想想，龍王是畜生裡的大勢鬼，負責服侍聖主，比監齋還厲害。」發覺自己掌握的消息比其他人還多，虎仔花講話的聲音又漸漸大了起來。「無論如何，我們這附近的村子都要幫忙接待龍王。如果牠對我們印象好，在小福村待得開心，回天上也會跟聖主說好話，幫我們多要一點杏頁。」

聽到杏頁薜茘多又開始嘰嘰喳喳。杏頁能和定期巡迴的賣貨郎交易，換到更多的渣餅還有其他配給，如果龍王可以幫忙多要一點就太好了。當媽的薜茘多藏不住笑，暴牙從嘴唇邊露出來，小鬼們開始扳手指，計算每個月能多吃多少渣餅。

「所以今天晚上大家都不要怕。」虎仔花高聲說：「有怪聲音沒關係。你們看看，有縷口會帶著針口會幫我們巡夜，然後監齋會去接龍王大人，來給我們保佑庇護。所以沒事、沒事，大家快回去睡覺，明天天光繼續工作。」

虎仔花揮手驅散村民，針口們也舉起火把幫忙照路。小福村的村民們有說有笑，今天發生了一些插曲，但總算是平安過去。嚴格說起來，他們沒有損失，反而還賺到一條龍呢！

所有村民之中只有一個沒露出笑容。柳條真不懂為什麼要這麼高興，啃渣餅比啃雜草噁心，想到有個龍王要叫監齋送他們更多渣餅，柳條只覺得生無可戀，了無生趣。她重重嘆一口氣，不知道銀枝沒來參加聚會是跑到哪去？要是她知道這個壞消息，一定也會像柳條一樣嘆氣。

「嘆什麼氣？」紅荊一巴掌揮在她頭上。「想把好運吐光光是不是？」

柳條就知道自己會倒楣。

三、玉米和油

十斤玉米一兩油，這句話柳條在很早之前就被逼著記在心裡。原因無他，這句話是他們這些種玉米的薛荔多計算每年貢品的根據。曬乾後從玉米梗上剝下來的玉米粒得小心收進監齋發給大家的袋子裡，一個袋子十斤裝得滿滿。想到黃澄澄的玉米最後都要曬成褐色的小石子，柳條就覺得不值。如果能夠趁新鮮，把那些玉米放到嘴裡，生啃那剛成熟的青草味、玉米香……

「又發呆。」

柳條抱著頭，嘟著嘴巴送走紅荊的背影。她只是拔草拔累了，站在原地欣賞一下玉米穗有什麼不對？

從天上摔了怪東西下來過去七天，針口們照往例辦事，什麼也沒有查出來。而除了怪聲響嚇人之外，小福村沒再發生更嚴重的事，生活在其中的薛荔多們繼續無憂無慮的田園生活，數著結苞的玉米穗，計算今年秋收的產量。沒有意外的話，應該也是個好數字。

柳條一邊拔草，一邊思考天眾收到油都是怎麼享受？會直接一整甕捧起來喝，還倒滿一整池泡在裡面？不知道他們是不是因為整天喝油才會飛，如果柳條從今天開始不吃東西，改喝油會不會也飛上天呢？

腦子想的都是油，柳條今天拔草拔得特別認真。白楊嬤用月桃葉包了午餐來找他們時，三畝地的雜草已經被拔得乾乾淨淨。

總是要付出一點勞力才能有收穫，三十畝田不會憑空長出玉米。柳條祈禱應驗了，紅荊決定今天拔掉一些長不好的小玉米，今天晚上有玉米筍可以期待。整個下午，柳條揹上竹簍跟著媽媽，一次也沒想到偷跑去玩的事。位置較低、長得較小的玉米被摘下來，由柳條扔進竹簍裡，集滿一簍背到田邊的木瓜樹下堆起來。白楊嬤坐在木瓜樹的陰影下，把手指大小的玉米筍從層層葉片中剝出來，小心收進麻袋裡。

今天是個開心的午後，柳條故意餓中午一餐，好讓晚上胃口變得更好。她好久沒有做工做得這麼開心了。

「柳條、白楊嬤！」虎仔花穿過綠油油的田野遠遠走來。圍在木瓜樹下剝玉米筍的祖孫抬起頭，村長臉上帶著笑容，但是綠髮毛毛躁躁的，胸兜和腰兜也歪了，看來她這一天並不好過。

「遇上妳們真是太好了。」她說：「紅荊呢？我有事情要找她。」

「紅荊去殺阿修羅了。」白楊嬤舉起整把的玉米鬚。「這是牠們的頭髮，我們準備要拿去換杏頁。」

「講到杏頁。」虎仔花從腰包裡掏出一枚杏頁放進白楊嬤手裡。「白楊嬤妳年紀大了，這個拿去多換一點東西吃。」

一枚杏頁？柳條和白楊嬤一樣，看著突然送到手中的扇形杏頁。那黃色的葉片是用來交換生活用品的珍寶，要六袋玉米才換得到一片。虎仔花突然這麼大方，事情有點不對勁。

「哎呀，紅荊，太好了我要找妳。」虎仔花對著田裡的紅荊揮手，柳條的媽媽繃著臉撥開貼到面前的玉米葉，握著拳頭站在原地。

「妳看虎仔花給阿嬤什麼。」柳條搶過白楊嬤手裡的杏頁捧到紅荊面前。「你看，是杏頁。」

紅荊看了杏頁一眼。

「紅荊仔，歹勢啦！我拿這個給白楊嬤沒有別的意思，是監齋那邊說要我們收一點東西，我才會拿過來給妳。」虎仔花搓著手說：「妳們應該都知道龍王幾天前要來沒來的事了？」

柳條看了紅荊一眼，她那握著拳頭的媽媽似乎沒有說話的打算。

「我不知道。」柳條接口說：「貼耳狗說不知道，土松的媽媽、七層的媽媽說不知道，阿嬤也說不知道。」

「對啦、對啦，大家什麼都不知道，我也是今天才知道。」虎仔花說：「監齋大人說是龍王受傷了。他來的時候發現附近藏了一隻鬼怪非常厲害，龍王立刻大顯神威，和這個鬼怪大戰三百回合。現在鬼怪死了，龍王也受傷飛不回三十三天，現時在落伽谷那邊休養。」

落伽谷？柳條知道這個地方，媽媽不准她跑過去。

「所以天眾那邊就有命令下來啦，要附近的監齋好好服侍龍王，幫牠養傷。然後監齋要我們這附近的村子幫忙，出點東西好合龍王的胃口……」

虎仔花的視線往地上那一小袋的玉米筍瞄，柳條倒抽一口氣，拳頭立刻揮過來。

「好呀。」紅荊說，柳條搗著頭縮著脖子不敢說話。

「太好了、太好了！」虎仔花看起來開心得快昏過去了。「終於有東西可以進貢給龍王。我跟妳說，太陽下山前把這些玉米筍放到老茄冬下面，針口會過去收。」

她又拿出一片杏頁放在紅荊手上，又是點頭又是微笑，向他們告別離開。柳條偷偷靠在媽媽身邊。

「要我把杏頁那回去還村長嗎？」她試探地問：「我還追得上她。」

「妳這個討債鬼！人家好不容易多給我們兩片杏頁，妳竟然說要還回去？妳腦袋是不是壞啦？」紅荊罵道：「快點剝一剝包好，揹到老茄冬那邊去。」

話交代完，紅荊又轉身回到田裡，消失在迎風招搖的玉米之間。柳條忍著淚，把好不容易等到的玉米筍整理好，扛在背上送到老茄冬那邊去。今天的晚餐只有渣餅，更糟的是她現在餓得頭昏腦脹，中午的苦全都白受了。

※

「柳條？」

銀枝爬到柳條身邊，滿腹委屈的柳條蹲在二點水旁，拔草往池塘裡丟。

「妳怎麼會一個人在這裡？」銀枝問：「太陽快下山了，再不回去就晚了。」

「我剛剛去了老茄冬那邊，我不想回去。」柳條回答。

「這樣呀，那我知道了。」銀枝輕輕捏捏她的手臂，坐到她身邊。「沒辦法，大家都要出點東西才行。龍王駕臨，我們要好好服侍牠才行。」

「妳又知道龍王的事了？」柳條說：「妳又沒去集會，虎仔花說了什麼妳又不知道。每次有事妳就躲，妳又知道多少事情？」

銀枝瑟縮一下，好像柳條拿鞭子抽她。柳條楞了一下，才察覺自己說了多狠的話。

「我先回去了。」

「銀枝！」柳條趕緊拉住她。「我不是故意的！」

「我知道妳不是故意的。」銀枝說：「只是我原本以為妳會更注意一點。小福村除了我之外，只有妳一個是獨生，我以為我們兩個……」

她說不下去了，眼淚滑下她蒼白的臉。柳條趕緊跳起來，銀枝抖著往旁邊躲。

「沒關係，我知道我有問題，這些白毛白皮，我是個受詛咒的……」

「不要這樣，我真的不是故意的，我只是太難過了。」柳條為自己辯白說：「妳不知道我有多傷心，那些小小的玉米筍，我和媽媽整個下午努力摘呀摘，好不容易才摘到那些好吃的玉米筍。然後村長就走過來，給了我們兩片杏頁，那些好不容易長出來的玉米筍就沒了。」

柳條也說不下去了，剛剛把東西放下來之後，她立刻拔腿狂奔衝出村子。她怕自己會受不了誘惑回頭，把要貢獻給龍王的東西給搶回家。負責收東西的針口就圍在老茄冬旁，他們的黑臉從來沒有這麼令人倒胃口。

當然也有可能是柳條餓過頭，肚子裡的酸不停往上翻的緣故。

「我肚子好餓。」柳條說。

「我這裡有醃好的鳥梨。」

「糖？」

「糖。」

柳條露出笑容，銀枝也只能跟著苦笑。活潑的小薛荔多接過同伴的禮物，大口啃了起來。

「好酸！」

「妳吃慢一點，我好不容易做好的，直接吞掉半顆根本是討債！」

柳條縮起嘴唇，小心翼翼從缺口的邊邊咬，讓酸味嘴裡慢慢擴散，然後留下甜膩的氣味。

「妳怎麼有糖醃鳥梨？」柳條問：「糖要好多杏頁才換得到不是嗎？」

「我獨自一個，拿到的杏頁只要換我一個的東西。放心，我有好多多出來的杏頁，日子可以過得很好。」

有多出來的杏頁，不代表她有多出來的朋友。柳條很清楚這件事，想到剛才像個孩子一樣亂發脾氣說話刺傷人家，她就覺得過意不去。

「我這邊有渣餅。」她說：「妳會餓嗎？」

「不會。」銀枝說：「妳剛剛說肚子餓為什麼不吃？」

「我不喜歡渣餅。」柳條回答。

「妳真奇怪，野果野草什麼都塞進嘴裡，偏偏渣餅吞不下去。」

「所以我才常常肚子餓。我和妳一樣都是怪胎，所以我們才會是好朋友。」

「我們是獨生，不是怪胎。」銀枝糾正她。「獨生沒有什麼好奇怪的，只是大家比較常生多胞胎而已。」

「不常發生的事就是奇怪。」

柳條把鳥梨吃完爬起身，想對銀枝說聲謝謝，這才發現銀枝腰包塞得鼓鼓的，壓得她腰都快歪了。

「妳裝了好多東西。」柳條指著她的腰包說：「怎麼了嗎？」

「喔，妳說這些？沒有什麼，只是我想做一點東西，準備過冬的東西。」銀枝說。

「可是妳幾天前才摘了整袋的艾草不是嗎？」柳條搔搔頭。「妳這麼會吃喔？」

「天氣冷我很容易餓肚子。」銀枝說：「妳不要再問了啦，多吃東西又不是什麼壞事。妳的渣餅還要嗎？」

柳條搖搖頭，銀枝把她的渣餅也塞進腰包裡。她動作很快，不過柳條眼睛更尖，那裡頭果然都是剛採來的野果和藥草。奇怪的念頭在柳條心裡浮現，一時間不知該怎麼說出口。

「太陽快下山了，得快點回去。」銀枝說：「妳不要在外面玩太晚，紅荊會擔心的。」

銀枝沒像往常一樣邀她一起回村子。她果然有古怪，只是柳條猜不透是什麼。而說到古怪，柳條這才想到虎仔花說的話似乎不大對勁。她說鬼怪死了……

會是柳條看到的那隻嗎？

那隻的確很像鬼怪，大得不尋常。

虎仔花說牠死了。可是不太對，上次看到鬼怪時牠從天上掉下來，還不斷掙扎扭動。既然村長說牠死了，那應該什麼事都沒有了吧？柳條該不該告訴大家鬼怪摔死在薔山上的消息？事發那天一連串的事情弄得她頭昏腦脹，等想起來時說出口的時機已經過了。

到薔山上看一看？

柳條抓抓頭，她知道銀枝一定會說不行，銀枝怕針口怕得要死，更不要說其他更大更兇的畜生。而依此推斷，她也絕對不敢翻過土牆去確認鬼怪的死活。既然如此，那鬼怪還活著的事，唯一知情的就只剩柳條一個。

她做這麼多事有好處嗎？

柳條嘆了一口氣。其他村民一定會叫她乖乖待在洞裡，不要多管閒事。不管玉米筍還是鬼怪，都讓上面的大人物去煩惱就好。等針口知道就會報給纓口，纓口知道會報給監齋，然後監齋又報給天眾，他們就會派金剛力士來幫忙斬妖除魔。沒意外等那時候，鬼怪差不多已經把小福村的村民給吃完，然後村長又要收走更多玉米筍給金剛力士。

不行，看來柳條得上山一趟，小福村的安危全靠她了。她往薔山走去，走到山腳時低頭聞了幾下，好像還聞得到腥臭味混在青草味中若隱若現。心臟在砰砰跳，柳條把胸兜和腰兜綁好，開始往薔山上爬。

午後的薔山很嚇人，太陽偏斜的光把土牆的影子拉得老長，好像準備要掙脫束縛撲向柳條。但是柳條才不怕，現在沒有怪聲也沒有地震，影子不過就是影子。她撥開薜荔的藤蔓，鑽過土牆的縫隙。牆的另一邊沒有影子，柳條瞇起眼睛往前，以免迎面直射的陽光把她弄瞎。這真是令人不舒服的一段路，她看不清前方，只依稀聞到一股腥臭。

多刺的雜林有一個明顯的缺口，證實了柳條的想法。有什麼東西落在樹林後，她得去看個仔細。柳條踮起腳尖，手掌小心避開地上的樹枝落葉，輕手輕腳踩在柔軟的苔癬上往前爬。她聽到沉重的呼吸聲，鬼怪很大，氣息粗重。附近的林地被壓壞不少，柳條小心選擇能掩蓋她蹤跡的路線，夕陽下金黃色的鬼怪愈來愈顯眼，只是那形狀柳條實在不知道該如何形容。

那絕對不是薜荔多，也絕對不是監齋那種人身馬頭的畜生。牠好大，長長的腿想必能輕易越過土牆，用牠恐怖的鉤嘴將村民們一個不剩殺光。

就在柳條震驚得不知如何是好的當下，牠睜開巨大的眼睛看見柳條，銳利的視線將小薜荔多定在原地。柳條張大嘴巴，說不出話。鬼怪張開翅膀輕輕一揮，遮住柳條行跡的樹林立刻被掃平。

「又一個食而不噍的小餓鬼。」牠說：「怎麼？只敢偷看嗎？妳可以放心靠近一點，我不吃你們這種薜荔多。」

跌坐在地，反應慢了半拍的柳條聽到這句話，好不容易才慢慢恢復清醒，站起身面對眼前的龐然大物。掉在薔山上的不是什麼鬼怪，柳條想起阿嬤說過的故事，確認眼前的是一隻貨真價實的巨鵬。

四、金翼

柳條得說巨鵬的樣子很漂亮，金橙色的羽毛從腹部一路向上，色調漸漸加深鋪成一張威嚴十足的臉孔。黑色的勾喙和長爪一樣嚇人，翅膀像一襲斗篷鋪在身旁，浪花般的黑白斑紋交錯層疊。牠正對著柳條看時，冠羽向上突起，不知道為什麼這一幕讓柳條很想笑。

眼前是三千世界裡最有威嚴的畜生，但是柳條卻只想笑。

「妳是可憐的小焰口，還是惹人厭的針口？」巨鵬說：「妳可以靠近一點，然後告訴我。」

「我是柳條。」柳條鼓起勇氣往前走。

「柳條？」巨鵬眨眨眼。「妳倒是回答得很乾脆。不怕我吃了妳嗎？」

「你說過你不吃我這種薜荔多。」柳條說。

「我可能說謊。」

「像你這樣大的畜生沒有必要說謊。」

巨鵬搖搖頭。「真沒禮貌。什麼畜生？我是伽樓羅。」

「你叫伽樓羅？」

「不是，那是我的族類。我們是群鳥之王，諸禽之聖，千萬巨鵬中最尊貴的一支血脈。」巨鵬說：「我的名字是金翼熊王。」
「金翼熊、雄……」
「算了，熊王對你們餓鬼的喉嚨太難了，妳可以叫我金翼長老就好。」
「金翼？」
「金翼。」金翼噴了一口氣，柳條分不清那是從嘴巴還是鼻孔出來的。巨鵬有鼻孔嗎？
「你怎麼會在這裡？」
「我和人有約。」
「那你為什麼不去找人？」柳條問，金翼的頭往左偏，用凝視左翼當作回答。在牠左翼上有個可怕的咬痕，彷彿哪個惡毒的傢伙拿了一千把刀，同時刺入那列美麗的羽毛。飛羽和污血糾纏成一團，柳條聞到的腥臭就是從裡頭飄出來的。
「我給了下手的毒蟲致命一擊，不過也付出一點代價。」金翼說。
「你的傷口好嚴重。」柳條說：「應該要好好包紮，不然傷口爛掉你會死的。」
「這樣問題可就麻煩了不是嗎？」金翼說這句話的口氣，好像柳條只是問牠歪了一根羽毛怎麼辦。巨鵬打了個哈欠，垂目望著天空發呆。
「有什麼我能幫你嗎？」柳條問。
「幫我？」金翼頭轉向下，深色的大眼睛疑問地看著她。「妳覺得妳能幫我什麼？」
「不要看我個子小，我能做很多事。」柳條挺出大肚子說：「我今天幫媽媽拔完十畝地的雜草，又採完了所有的玉米筍。」

「玉米筍？雜草？」金翼發出哼哼唧唧的怪聲。「確實了不起。」

「你笑我？」柳條不高興了。「我也可以讓你在這自生自滅，但是我覺得不應該這樣，我想幫忙你為什麼不肯接受？」

「抱歉、抱歉。」金翼的口氣聽不出半點歉意，但至少稍微嚴肅一點，肯低下頭正面對著柳條。「既然如此，看在妳比另一個有勇氣，還肯走上前接近我的份上，我就讓你幫點小忙吧！」

「另一個？」

「唉唷，想幫忙就別這麼多問題。」金翼說：「重要的是妳要幫忙我。」

「我能幫你什麼？」柳條問。

「我的左翼下有株魯花樹，那小東西可真不是蓋的。如果妳能幫忙我可憐的翅膀脫離那株小樹，我就感激不盡了。」

「魯花樹？」

抱著疑問，柳條往金翼左邊翅膀下的空隙走。雖然有巨大的羽毛覆蓋，但這兒的空間就是讓土松一家全部擠進來也還綽綽有餘。翅膀下的植物幾乎無一倖免，都被金翼的翅膀給壓垮、弄歪了，唯有一株魯花樹依然挺立，枝條上劍山般的尖刺穿透羽翮，刺進金翼的血肉裡。

「看到樹了嗎？」金翼的聲音從翅膀的陰影外傳來。

「我看到了。」柳條喊了回去。「是魯花樹沒錯。」

「我說了是魯花樹。」金翼的聲音有些得意。「只有這種小樹的刺會這麼惱人。」

柳條可不確定這是棵小樹。或許對金翼來說確實如此，但是在她看來，眼前根本是一座釘棍組成的高塔。爬上去只要一個不小心，她就會像伯勞鳥的獵物一樣給串在樹枝上，等著獻祭給五臟廟。

「有辦法嗎？」金翼又問了一次。「沒辦法不勉強，妳還是可以退出來回家去，沒人會知道妳來過。」

「我會幫你。」柳條這次喊得更大聲，她鼓起勇氣往前走，伸手爬上佈滿尖刺的魯花樹。魯花樹好像也知道有人要對付她，立刻反咬了柳條一口。

好痛！

柳條收回手，羽翼下光線昏暗，小血珠看起來是黑的。她沒叫出聲音，深吸一口氣又試了一次，小心把手掌和手指伸入尖刺之間，抓住粗厚的樹皮。濃密的葉子被擠到一旁，堅硬的木刺刮著柳條的手臂。她第二次深呼吸，挺起身體把腳也踩上去。

有了手的經驗，腳要爬上樹就容易多了。柳條慢慢往上移動，不貪快一次只動一隻手腳。魯花樹恐怖的尖刺環繞在她身邊，隨時要刺穿她的血肉。這棵樹唯一的好處只有枝條堅硬，而柳條體重和樹葉相去不遠，沒有突然斷折的陷阱等在前方。

至少柳條希望如此。

金翼的翅膀就在樹頂上，和一串尖刺糾纏在一起。看到那傷口，柳條的心不禁揪在一起。可憐的老傢伙和這團刺糾纏了七天？還真是夠牠受了。

柳條繼續往上爬，慢慢抓到爬魯花樹的訣竅。有花苞和果實的老枝沒有嚇人的尖刺，能支撐她一路往上。只是到了樹頂，眼前就只剩一片尖刺交錯的劍山，柳條第三次深呼吸，雙腳選了一根安全的枝幹抓緊，鼓起勇氣將雙手伸進枝葉深處。

金翼粗重的喘息聲立刻應和。

柳條瞇起雙眼、閉緊呼吸，將手伸到最長，用力將糾纏的枝條扯出傷口。遮住天空的翅膀突然往下壓，彷彿要將她壓進劍山中的恐怖魔怪。七天前的恐怖回憶突然湧來，柳條只能瞇起眼睛在心裡尖叫。

我不怕、我不怕！

才怪，她怕死了，她的手腳都在發抖。金翼的血滲出傷口，一點一點落在她臉上，她總算知道那天打在頭上的恐怖黏液是什麼了。金翼在發抖，這讓柳條更難做事，她沒有力氣一次扯開全部的枝條，只得一點一點撕開凝固的血肉。沾了血的尖刺變得滑溜，魯花樹不斷發出簌簌聲，搖晃的枝葉刮著柳條的身側。

就快好了……

當最後一根硬刺脫離時，金翼的翅膀瞬間騰空，捲動氣流讓四周的樹木紛紛倒伏。雖然還是在發抖，但是金翼頭向下彎看著寬闊的翅膀，傲慢得意的神色藏也藏不住。滿手滿身都是血的柳條抱著魯花樹，上氣不接下氣。

她還以為自己死定了。

金翼停止欣賞自己的翅膀，換個坐姿讓出撤退的路給柳條。柳條慢慢爬下樹，最後向外一跳，逃離滿布尖刺的魯花樹地獄。那株堅強的小樹沒加入其他倒在地上的同伴，依然挺立在金翼的身影下。這壞東西，遲早會惹出麻煩。柳條搖搖頭，拋下魯花樹轉過身面對金翼。比起頑劣的樹，愛嘀嘀咕咕的巨鵬可愛多了。

巨鵬翅膀收到一半又張開，像個愛漂亮的薛荔多對剛長出來的秀髮拿不定主意。

「給我點意見，我該把它收起來，還是繼續鋪平呢？」

「你還有傷。」柳條說：「小心傷口變壞。」

「我知道。」金翼似乎並不在意，將翅膀攤在地上繼續欣賞。「要是血弄髒到其他羽毛就不好了。」

「你好奇怪。」

「我知道。」

柳條真希望自己有辦法能將金翼的視線從翅膀上移開。

「我幫了你。」她說：「媽媽說要知道感恩。」

「妳媽媽真是個好媽媽。」金翼說。

「她說要知道感恩。」柳條又說了一次。「我想你媽媽應該也說過同樣的話。」

「我媽——我母親？」金翼總算回過神來，向下看著柳條。「喔，我懂了。果然是個薛荔多，重視償還與債務。說吧，妳要什麼？」

「我想要知道你為什麼來這裡。」

金翼楞了一下。「我想妳誤會了，一般來說是我能給妳三個願望，只要是我能力範圍之內我都能幫妳達成。」

「我不用三個願望。」柳條搖頭說：「我只想知道你為什麼來這裡。」

「妳確定？說不定我是一個神通廣大的天眾，故意變成這個樣子測試妳。」金翼說：「放棄三個願望，未來要是妳對我有其他要求，我大可以撒手不管。」

柳條思考了一下，她是有很多想要的東西，但還是開口回答說：「我沒有其他想要的東西，而且你還受傷，許願逼你還恩情太惡劣了。」

金翼西先是一愣，然後一邊憋笑一邊上下打量柳條，玩味的神情讓人渾身不對勁。

「所以你到底要不要告訴我你為什麼來這裡？」

「這就是妳的願望？」金翼問。

「這就是我的願望。」柳條點點頭。

「我得先警告妳，這是一個很長、很長的故事。如果妳要我講這個故事，妳得想辦法讓我活到故事講完為止。那意味著妳不能讓任何人知道我的存在，就算是妳最親密的家人也一樣。」

「你要死了嗎？」柳條問。

「運氣好的話，那株魯花樹的花朵正好為我送葬。」

「媽媽說不管怎樣都要想辦法活下去。」

「看來妳媽媽也有不懂的事。」金翼說：「妳還沒答應我的條件。」

「好啦、好啦，我不會跟其他人說你的事。」

「這種口氣差強人意。」金翼又想了一下才說：「然後要是妳不介意，讓我說故事的生活過得舒服一點，我會說得比較順暢。」

「你想要我幫你做什麼？」

「這個嗎……」金翼看了一眼偏斜的太陽。「妳不是應該考慮更嚴重的問題嗎？」

柳條倒抽一口氣。「宵禁！」

她急忙四肢並用，拋下金翼往土牆飛奔。要是她讓巡夜的針口抓到，媽媽一定會親手殺了她。

「明天幫我帶點水上來！」金翼在她背後喊道：「要夠多，多到能幫我洗傷口才行！」

柳條沒空回應牠，眼下可是性命交關的緊要時刻，自我陶醉的老巨鵬可以明天再煩惱。她一路跑，路上不忘跳進池塘裡沖掉滿身血腥，再踩著濕腳印繼續狂奔。夕陽下的影子愈拉愈長，西方三十三天上的仙宮散出月光，照亮她的路。

五、討債鬼

柳條帶著滿手的傷痕回家時，果不其然紅荊大發雷霆。

「妳這討債鬼都去幹了什麼好事？」

柳條腦袋瓜不免俗吃了一拳。

當媽媽拿曬乾的玉米葉幫她包紮傷口時，嘴裡還氣呼呼地直呼浪費。曬乾的玉米葉和玉米殼能做成布料，等監齋把玉米收完之後，這些葉片就是田裡最有價值的東西，浪費在小鬼貪玩弄傷的手上實在令人髮指。

荊兩腿夾住柳條的手臂，把氣味濃厚的草藥塗在她手臂上，再用玉米葉綁緊。從柳條有記憶以來，不管發燒還是刀傷，各種傷病都是塗這種神奇的黑色草藥、吃這種神奇的草藥。她討厭那個味道，但是紅荊不讓她躲。整治好左手還有右手呢！

「唉唷，我一個可憐的柳條，快過來阿嬤這邊。」

好不容易終於包好雙手，柳條一個翻身躲到白楊嬤身邊。紅荊哼了好大一聲，把火挑亮一點，繼續料理晚餐。

「柳條過來，阿嬤告訴你，我們今天來學新字。」白楊嬤從石頭後面拿出一本書，翻開殘破的紙頁指著上頭的字跡。「來，讀看看，這個字讀花，這個字讀果，合起來是花果。」

「阿嬤，花果我讀過了。」柳條幫她把書往後翻。「我要讀這裡，獅蝨授受。」

「這是什麼字呀？」白楊嬤瞇起眼睛。「獅子還是蝨子？」

「妳不要教她亂念書。」一旁的紅荊罵道：「多讀多書有什麼用？多讀書玉米會長快一點嗎？」

「我不教她讀書，阿修羅殺過來的時候怎麼辦？」白楊嬤回道。

「真的喔？那妳要她怎麼做，念故事給阿修羅聽？」

「柳條妳不要理她。」白楊嬤把柳條摟在懷裡。「來唸給我聽，溼蝨瘦獸。」

「蝨蝨瘦瘦？」

在柳條記憶中，這一幕似乎每晚都要照演一次。哪一天晚上紅荊和白楊嬤打瞌睡、忙過頭忘記了，還真會讓人全身不舒服。

「念清楚，是師獅。」白楊嬤的手指滑過紙頁上方幾吋，書本的紙張已經太薄、太脆弱，禁不起他們粗糙的手指摩擦。脖子前後晃了幾下後，她總算看清楚上頭的字，能清楚地唸給柳條聽。柳條聽著她念書，嘴裡跟著覆誦，一篇旖麗綿長的異國故事用他們的聲音構成美麗的想像。那些大無畏的主角，那些多采多姿的冒險。

「阿嬤，師父到底是什麼？」柳條在白楊嬤休息喝水時問。

「師父會教妳事情，認識字、知道東西能不能吃這樣。」

「所以妳和媽媽是我的師父嗎？」

「沒錯。」

「那父王呢？」

「那就是一個很大很大的父親。」

「父親……」柳條搓搓鼻子，偷瞄了紅荊一眼。紅荊把堅硬的渣餅打碎，把山胡椒的根摺成小片丟進湯鍋裡熬，她現在沒有多餘的心神注意柳條和白楊嬤說話。

柳條沒再往下追問，她有預感，總有一天問題自己會水落石出，只不過不是今天，不是現在。她有好多祕密和好多問題，不急著在同一天解決。她長大了，知道有些事要保持耐心。她和阿嬤繼續把書念下去，直到紅荊宣布熱湯完成才停止。這本書從頭到尾他們已經念了第三遍，柳條快要能背了，而明天金翼要說新的故事給她聽。

想起明天的約會，當晚柳條興奮得睡不著覺。

第二天一早，不等紅荊吩咐，柳條拔完三畝地的雜草，從白楊嬤手上拿了渣餅就往北邊的谷地跑。紅荊在她背後不知罵了什麼，但是柳條半點都沒有停下腳步的意思。她的動作得快，今天有好多地方要去，雖然巨鵬暫時沒有飛走的疑慮，但是誰知道今天的事明天還能不能算數？

比起又小又荒涼的薔山，北方的谷地綿延盤旋，不知道要寬闊幾倍。村長說玄揠龍王就在盡頭的落伽谷養傷，不知道是真是假？望著墨綠色的幽谷，柳條不禁有些心癢難耐。

不行，金翼還等著她呢！

柳條揮去偷看龍王的想法。憑她一個想通過錯綜複雜的山谷，抵達龍王休養的落伽谷，至少得要走一整天的路，更別說路上會遇見的毒蛇猛獸、瘴氣惡草。媽媽說過她只是一個小小的薜荔多，要自知本分。

於是柳條只取了她力氣能負荷的量，用牙齒咬斷那些掛在樹上的藤蔓，繞著全身轉了一圈又一圈。摘藤蔓是門藝術，要有足夠的眼光判別那些藤蔓品質夠好、夠堅韌，那些藤蔓的毒液會在沾上身體後讓你痛不欲生。調皮的柳條是箇中好手，半點都難不倒她。

柳條揹著藤蔓滾下山，往西北邊的沼澤去。沼澤有二點水的小溪分出的支流注入，水面上長滿莖葉肥厚的水芋仔。柳條像灑網一樣，在長長的藤蔓上綁滿水芋仔，然後將最堅硬的兩段藤蔓扛在肩膀上，四肢使力抓住沼澤邊的倒伏的枯樹，把沉重的身體拖上岸。

到這節骨眼，柳條已經氣喘吁吁，分不清身上究竟是汗水還是泥水。可是看看眼前，她還得一路爬到薔山山腰呢！

「妳這是什麼鬼樣子？」

等到太陽都快下山了，氣喘吁吁的柳條才把水芋仔給運過土牆，帶到金翼面前。這不知感恩的畜生，開口第一句話就是質疑她的長相。

「我得把這些水芋仔帶給你。」柳條一邊喘氣一邊說：「你不是說要水洗傷口嗎？」

「我是說過。」金翼說：「但是這些雜草要做什麼？」

「它們就是水呀！」

「它們是水？」

「你把翅膀弄低，我才能爬上去。」

雖然有些遲疑，但金翼還是照柳條吩咐，把身體和翅膀放低。柳條背起一串水芋仔爬上金翼的翅膀，滑不溜丟的羽毛好幾次害她差點摔個四腳朝天。

「小心一點。」羽毛被扯歪的金翼罵道：「羽毛很難整理的！」

柳條認為羽毛不是牠目前該在意的事。牠翅膀上主要有四個傷口，兩個在上兩個在下，每個都和柳條的頭一樣大，散發出恐怖的惡臭。柳條左手抓著羽根，右手扯下一片水芋仔的葉子，咬開像球一般圓滾滾的莖部。

水芋仔肥厚的莖滲出純淨的水。

「我懂了。」在旁觀察的金翼咯咯笑說：「果然是個聰明的小薜荔多，這樣——喔！」牠倒抽一口冷氣，把多話的鳥嘴給堵了起來。這是好事，柳條得專心幫牠擦洗傷口。她一邊擠出水份，一邊用柔嫩的莖擦掉污血，拔光一整串的水芋仔好不容易才清完一個傷口。

「進展不錯。」金翼說。柳條可沒牠這麼快放鬆。她爬下翅膀，背起另一串水芋仔，再爬上去清理第二個傷口。有了一次經驗，她很快就抓到節奏，第二個傷口清理起來比第一個順利不少。第三和第四個傷口在翅膀裡側，金翼得把身體壓在地上，讓柳條把身體拉到最長才搆得到那些傷口。

「這真是奇恥大辱。」一頭趴在泥土上的金翼悶悶不樂地說：「我可是統率伽樓羅的金翼熊王，卻讓骯髒的泥土弄髒我的鷹喙。」

柳條閉著嘴巴不敢說話。這倒不是她沒有膽子回嘴，而是抹下來的髒血正往她身上滴，一邊躲一邊擦就夠忙的了。

等到清理完畢，柳條全身再次臭不可耐，洗乾淨又弄髒似乎已經成了她悲哀的輪迴。不過眼前沒時間悲觀，完成工作後的柳條咬開最後一根水芋仔的莖，稀哩哩吸個痛快。重新蹲好身體的金翼，小心把左邊的翅膀翻來轉去，仔細觀察一番。

「就一個薜荔多來說，妳做得很好。」牠最後下了評語。「我得感謝妳才行。」

「你可以說故事給我聽了嗎？」柳條問。

「我也想，不過……」

柳條順著牠的視線望去，西方的夕陽又紅又大，三十三天上的仙宮變得顯眼，月光又要灑落人間了。白忙了一天，柳條又氣又惱。

「世事如此，沒能盡如人意。」金翼說：「別氣餒，下次說不定就會如妳的意。」

「說不定？」柳條罵道：「什麼叫說不定，我已經清好你的傷口，可是你連一句故事都沒告訴我。你食言而肥，天眾會讓你下輩子投胎變成飢不擇食的——」

柳條停住嘴巴，她本來想說畜生，不過這句話對金翼而言根本不痛不癢。

「怎麼了？再說下去呀？」金翼得意地說：「我倒是不介意下輩子再當一次伽樓羅。」

「你這可惡的畜生。」

「如果妳咒罵只有這個程度，記得回去多讀點書。」

柳條噘起嘴巴，如果她有更多書能讀的話，才不會罵輸可惡的畜生。

「明天再幫我背一串這個水芋仔上來。」金翼說：「我剛試了一點，裡頭的水還算清甜，夠資格讓我止渴。」

「不是還認識另一個薛荔多？」柳條說：「叫她幫你去找呀！你只會欺負我，騙我做這做那，卻連個小故事都不肯告訴我。」

「這可不行。另一個膽小得要死，光是看我一眼就手腳發軟，問候一句就嚇得逃跑。要是我開口命令她，很可能會把她和她的孩子嚇死。說實話，我可不想擔這個莫名其妙的業。妳膽子才夠大，才有辦法完成我的命令。」

金翼斜睨柳條一眼，又說：「更何況，誰告訴過妳我只有一個小故事？」

柳條氣壞了。這狡猾的畜生在最後一刻勾起她的興趣，明知道現在無論如何，柳條都沒辦法留下來聽故事。

「好啦！我答應你。」柳條罵道：「但是如果明天我把水芋仔背上來，你還是什麼都不說的話，你就把你的狗屁故事塞進屁眼裡，自己一路飛回老家！」

「總算罵了句像樣的難聽話。」金翼鳥喙抬得高高的，傲慢的樣子讓柳條加倍不爽。牠以為牠是誰呀？

「我要走了。」柳條丟下這句話，轉身爬向土牆的縫隙。

「在很久以前，南方的大海上有片廣闊的仙境，仙境中有座高山名為瑯邪。在瑯邪上，有個小男孩。」

柳條回過頭，雖然金翼沒有嘴唇，但是牠絕對是在偷笑。

「那個男孩就是我來到這裡的原因。」

柳條想了一下。

「鬼話連篇。」她繼續往前走，這一次頭也不回地鑽過土牆的縫隙，爬下薔山回家。

她在二點水旁暫停，好把身上的血汗給洗掉。日子再這樣過下去，她身上很可能會永遠留著金翼的血味，腦袋瓜上留著媽媽的拳頭印。

這真是糟透了。

※

銀枝爬出地洞時，天才剛濛濛亮。她對著美麗的清晨深呼吸，慶幸一夜又平安過去。就著二點水簡單梳洗過後，她已經整理好自己，能出門上工了。

不管在哪裡，一個獨生的薜荔多要討生活可不容易。薜荔多生產時一次沒來個六胞胎都嫌太少，姊妹彼此扶持成長，一起在母親的田地上耕種，將肥美豐盛的作物製成香油奉獻給天眾。想到天眾們因為他們的油而渾身金黃，常保圓潤俊美，醜陋的薜荔多一生也就有價值了。

如果有姊妹互相扶持的話。

銀枝揹起鏟子和鐮刀，左手攬上木桶。這三樣東西在田地裡永遠有用，木桶可以裝進大小事物，鐮刀可以割雜草，要是土裡有怪東西要處理，這時鏟子就能派上用場。只要靠這些工具，銀枝自己一個也能整理好十畝大的田園。

滿園的向日葵對著太陽搖晃，步履蹣跚的銀枝好不容易才抵達她的園地，俯下身鑽進作物的陰影下工作。向日葵帶著細毛的葉子搔著她耳畔，像親密的老朋友迎接她。銀枝細細幫它們除去雜草，用手撈水打溼根部，檢查每片葉子底下有沒有不尋常的蟲卵。

太陽好大，照得每朵花欣欣向榮。銀枝抬頭，手遮在眼上望著藍天。她好像聽見其他地方傳來勞動時的對話，而她的田園裡卻靜得連一聲鳥鳴都沒有。突然間，她好想念整天叨叨絮絮的柳條。不知道這個調皮鬼今天又到哪裡撒野去了？

疲勞捲過她四肢，銀枝放下手上的工具，蹲坐在田埂旁稍作休息。她的身體狀況總算穩定一點，有足夠的體力能照顧這些農作物，但要一口氣整理好十畝田還是太勉強。她得把忠告放在心裡，小心分配體力以免又累過頭倒下。她不能再倒下，有更重要的任務在未來等著她。

銀枝把掛在脖子上的水囊解下，拉開木塞淺嘗了一口裡頭的飲料。誰知道咬人貓的根也能煮成帶有甘味的飲料？過去銀枝看到這種毒辣的野草，只想躲得遠遠的。他的建議有效，銀枝最近雖然還是容易疲倦，但至少不再出血了。

休息夠了，銀枝起身準備繼續工作。

貼耳狗帶著她一票孩子們，每個孩子頭上都頂著一大簍土豆。細沙在他們移動時從莢果上脫落，落在他們眼前。看這些小薜荔多一邊努力往前爬，一邊不停地眨眼睛莫名的有趣。好快，春天播下的土豆現在都收成了，等田地整理好，貼耳狗一家又能播下新的種子。

銀枝退回向日葵之間，躲在花朵後目送他們。有個小薜荔多腳滑了一下，差點摔進銀枝的田裡。她還來不及出聲警告，貼耳狗已經早一步把孩子拉回田埂上，厲聲要她走好。小薜荔多聳聳肩，繼續她的腳步。貼耳狗像要避免被人發現足跡一樣，用腳掌把孩子跌倒的痕跡抹平，才繼續跟上去。那段田埂變得特別光滑，好像剛整理過。

銀枝目睹整個過程，忍不住又是一股鼻酸。

她好想念……

她還能想念誰呢？

銀枝深吸一口氣，走出陰影拿起工具繼續工作。

她一邊工作，一邊注意天上的雲，仔細聽每個細微的聲音。

六、男孩

等貼耳狗一家浩浩蕩蕩離開視野，往渡口的方向消失後，柳條才爬出藏身處，揹著水芋仔繼續向前。貼耳狗和阿金、阿錢兩姊妹一樣，在小福村裡出了名會生。別人家一胎六個，他們一胎十個都不是問題，柳條不由得佩服。

說到小孩，如果柳條沒記錯的話，三白兄弟今年繳完收穫之後，就要到香海邊受訓了。如果他們運氣好的話，可以成為一個有用的士兵，到海上對抗來自五濁惡勢的阿修羅。要是立下戰功，還能晉級成為大勢，上到三十三天受天主攝用。對他們這些最低階的焰口來說，受天主攝用不啻於脫胎換骨，成為尊貴俊美的天眾。

成為美麗的天眾，在天上飛翔，享受美食美酒，舉手投足即是香氛寶雨……

柳條不敢再想下去，那是太遙遠的美夢，媽媽警告過她作太大的夢會把自己累死。男孩子真好運，有這種機會到香海為自己爭取未來。柳條就沒那個運氣，她只是個獨生女，注定要接下媽媽的土地，運氣好再生六個孩子多領六十畝地。美夢太遙遠了，她能當個像金翼這樣自由自在的畜生就好。這個大傢伙受傷落難也不忘要人奉侍，真是天生尊貴的好命。想柳條溜出來服侍牠，回家還要給人嚴刑拷打呢！

柳條爬上薔山，水芋仔在她身後啪啦啪啦響，拖出一條長長的水痕。鑽過土牆，縮著腦袋和身體在樹蔭下躲太陽的大畜生，側臉看她和她帶來的水芋仔。

「今天的花朵沒有昨天大。」金翼說。

「別嫌了，就算像水芋仔這麼能生，也要一兩天才生得出來吧。」柳條把背上的水芋仔丟到金翼面前。巨鵬發出喀拉怪聲好像在抱怨，但這並沒有阻止牠低下頭叼起水芋仔，用舌頭和喙把爽脆的莖葉壓得嘎茲嘎茲響。

「好久沒這麼享受了。」吞下第一把水芋仔後，金翼滿意地發出格格聲。「雖然和乳海甘露差了十萬八千里，但和其他的塵世臭水比起來，已經稱得上是美味了。」

「我說過你不要再挑了，而且現在該你講故事。」柳條提醒牠說：「別忘記你自己說過的話。」

「當然、當然，妳以為我是誰？靠詐欺過日的迦德盧嗎？」

柳條不認識什麼茄子爐還是家的鹿，有機會該問個清楚，不過眼前她手腳得快。她爬上金翼的翅膀，用水芋仔的葉子細心擦掉從傷口裡浮出的膿和血水。她弄得一身髒，不過看金翼滿意地呼出長長的氣，滿意地折起翅膀她也就不計較了。反正回家的路上只要跳進二點水裡好好洗過，誰也不會發現她身上的髒污。

完成例行工作後，她坐下來讓小短腿休息，也拿一朵花啃了起來。金翼清清喉嚨。

「故事是這樣開始的，在遙遠的北方，有座名喚瑯邪的仙境，瑯邪的高山上有個男孩。」

「這你昨天說過了。」柳條皺起眉頭。

「我知道我昨天說過了，但我昨天沒告訴妳那個男孩的名字。」開頭被打斷金翼有些不高興。「反正重點是有個男孩住在高高的瑯邪山上，他的名字叫——未濟。」

「你說未記？」柳條大聲喊道：「這麼重要的東西你居然說你未記？」

「他的名字是未濟！」第二次被打斷，金翼氣得吼道：「濟是救濟的濟，不是記憶的記，妳到底想不想聽故事呀？」

「想。」柳條堅決地說。

「那就閉嘴聽好。」金翼正色說：「總而言之，有個叫未濟的男孩住在瑯邪山上。」

柳條張開嘴巴，金翼狠狠一眼瞪過去，小薛荔多聳聳肩繼續啃水芋仔花。

「未濟是個很勤奮的男孩。」金翼繼續說：「他從小就被山上的仙人收養，努力修練仙術祈求能早日脫離凡胎，得證大道羽化成仙。和那些收養他的仙人一樣，成仙你就能長生不老，騰雲駕霧、呼風喚雨，生命裡什麼好處全歸你所有。

「未濟想成仙，想到不能再想。不過他想成仙的理由和其他一起修練的男孩不一樣，他想成仙的原因不是因為這些享受。事實上，他是一個怪小孩，說起享樂他更熱衷於修練的勞苦。別質疑他，這世上多得是稀奇古怪，各種光怪陸離的人事物。」

柳條搓搓鼻子，她自己也是個怪小孩，了解這個未濟說不定有他的堅持。金翼又吞了一串水芋仔，然後往下說。

「未濟努力修練最大的原因是他的師兄仰澤。仰澤是瑯邪山上的明星，是所有弟子景仰的對象。他以凡胎肉體進入瑯邪山修練，卻在短短十年內達成凡人的極限，不只是同輩的弟子景仰他，連仙人師尊們都誇獎他，看好他會成為照亮世界的明燈。

「未濟想要成為他，想和他一樣受人景仰。這個笨拙的男孩用盡一切努力，想讓自己在別人眼中舉足輕重。他想著這樣一來他就不再只是一個沒人在意的小門徒，所有人都會看見他，不管仙人還是凡人都會對他另眼相看。他不願自己和那些短暫的朝露一樣，來得匆匆，又匆匆消失在這個世上。

「所以未濟用盡力氣，只希望自己能像仰澤一樣，成為另一顆嶄新的明星。」

金翼嘆了一口氣，不知道為什麼，未濟的故事似乎令他感慨萬千。雖然柳條聽不出這個故事和金翼到底有什麼關係，不過巨鵬的感傷令她渾身雞皮疙瘩。比起抱怨天氣、抱怨飲食、抱怨小樹扎人的彆扭口氣，金翼這口氣深且長，好像連遠山都傳來回音。

「你認識這個未濟？」柳條趁這個空檔問道。

「什麼？喔，沒錯，我認識這個未濟，不過那是後來的事。」金翼說。

「你怎麼會認識他？」柳條問：「你也想修練成仙嗎？」

「妳才需要修練成仙。」金翼嗤之以鼻。柳條總算看出牠的鼻孔就在鳥喙上方，哪裡的小孔在牠噴氣時，周圍會有細毛隨之擺動。

「你這麼看不起修仙？」柳條說：「長生不老不好嗎？」

「妳當我是什麼？壽命短暫的可悲人類嗎？我告訴妳，我不用修練也能長生不老。別小看我，我已經超過五百歲了。」

柳條抬頭看牠傲慢的樣子，說實話，要小看牠還真是難上加難。

「我絕對不會小看你。」她說：「把故事再說下去吧！」

「妳就知道這個而已。」金翼搖搖頭。「沒看過妳這麼窮追不捨的薜荔多。」

「你就當我和未濟一樣都是怪小孩。」

「知道自己是怪小孩就好。總之，剛剛說到這個未濟是個潛心修練的男孩，他每天不斷精進自己，不管是練劍還是挑水，沒有一刻鬆懈。但是他的資質奇差無比，沒有一個師尊看好他，大家都覺得他遇上跨不過的挑戰，放棄修行只是遲早的事。但神奇的是未濟沒有放棄。就算滿身傷痕、滿腹委屈，吃不飽也睡不好，未濟還是沒有放棄。他相信付出有一天會得到回報，有一天上天會看見他的努力，給他獎賞。」

金翼停下來看著柳條，柳條愣了一下才意識到巨鵬等著她回應。

「所以，上天有聽到他的願望嗎？」她問。

「沒有。」

不知道為什麼，柳條覺得自己被耍了。

「不過仰澤聽到了。」

柳條睜大眼睛，金翼似乎很滿意她的表現。

「沒錯，仰澤聽見了。

換個角度來說，妳也能說是上天終於察覺未濟的努力，為了獎勵他，所以讓仰澤聽見未濟的願望。在一個春天的清晨，兩位師兄弟終於再次認識對方，敞開心房交流修仙之路的心得。雖然表現天差地遠，但是兩人卻像親兄弟一樣談天說地暢所欲言。他們說了很多話，其中最重要的不外乎發誓要一起成仙，一起到海上對抗五濁惡世的妖魔。

「人們說總要發生在最意想不到的地方，奇蹟才值得珍視，仰澤和未濟的情分便是如此。」

「你講得好玄喔。」柳條皺起眉頭。「我聽過你這種口氣，三白和五加要亂搞的時候就會這樣說話。」

金翼神祕的微笑坐實了柳條的懷疑。

「仰澤和未濟會出什麼事？」她追問道：「一定沒有兩個好兄弟一起得道成仙這麼簡單對不對？」

「妳都猜到了不是嗎？」金翼說：「剛剛我說的那一段奇蹟般的故事，是未濟說的版本。」

「什麼叫版本？」

金翼眨眨眼。「就是——怎麼說才好——就是，其中一種說法。對，那個奇蹟般的兄弟情誼是未濟的說法，可是事實根本不是如此。」

「不是如此？」柳條用腳搔搔頭。「為什麼不是如此？」

「仰澤接近未濟有別的目的。」

「什麼目的？」

「關於這個嘛……」

金翼斜眼向上望，柳條跟著抬頭望去，那討厭的太陽已漸漸偏斜。

「還有時間。」柳條皺著眉頭說：「你再多說一點。」

「我可不認為這是個好主意。妳可能比較矮沒發現，不過今天早上有不少討厭的蒼蠅在天上四處飛。我還沒恢復到能對付牠們的程度，萬事還是小心一點。」金翼說。

「真討厭。」

「明天再來吧！我又飛不動，哪裡都去不了。」

「我可以幫你拿一點媽媽的草藥膏。」柳條提議道：「媽媽的草藥膏很厲害，我們不管發燒還是刀傷、骨折，擦一擦就通通好了。」

「聽起來不是很牢靠。」

「你傷口這麼大，我明天幫你拿一大桶上來。」柳條笑著說，金翼不置可否，隨便點了點頭。柳條從地上跳起來，抖抖手腳把腰兜和頭髮裡的草屑抖掉，準備回地洞裡的家。

不過在那之前有些事要先問清楚。

「你剛剛說仰澤和未濟要一起對抗五濁惡世？」柳條問：「他們也和我們一樣，所有的男孩子都得去受訓成為士兵嗎？」

「不是，只有少數的人類會去受訓，成為對抗五濁惡世的生力軍。」金翼說。

「監齋說那叫五濁惡勢。」柳條又問：「有什麼差別嗎？」

「同為煩惱苦痛，當然沒有多少差別。如果妳喜歡這種說法，我也能說五濁惡勢。」

又來了，讓人心煩的口氣，愛賣關子的大壞鳥。沒關係，至少仰澤和未濟聽起來都是英雄，他們修練仙術不只是為了自己好，還是為了對抗惡勢力。監齋說過這樣的男孩子才有夠格成為大勢，受聖主攝用昇上三十三天享福。

告別金翼，柳條鑽過土牆的隙縫下山，趁著太陽還掛在天上快快洗澡趕回家。說來金翼的警告不知道是預知還湊巧，柳條才剛走離一點水沒多遠，就和一隊針口擦身而過。好在柳條反應快，在針口看見她之前躲進玉米田裡。每當針口舉著大旗出巡時，小福村哪個薛荔多敢擋在路上？

針口的四肢比任何種田的焰口都粗壯，小腹也不像柳條一樣圓滾滾，可以抱著滾下山。要不是媽媽打過包票，柳條才不相信他們也是薛荔多。而針口的聲音就像他們的階級，和針一樣刺耳嚇人，萬幸的是他們不常開口說話。柳條看著他們粗壯的背影走遠才爬出來，真不知道他們把龍王服侍得怎樣了？想想他們也是幸運的一群，有一整隊人馬能幫忙照顧一條龍，哪像她得一個人照顧一隻巨鵬。柳條搖頭嘆息，繼續往家的方向爬去。

為了躲針口巡邏又不少時間被她耗掉了，等一下太陽下山針口回頭巡夜的話，同一條路上的柳條不就被逮個正著嗎？她加快腳步，急著要趕回家。

正是要趕時間，時間才喜歡耽擱你的腳程。柳條走沒幾步，迎面又是另外一支隊伍。好在這一次不用躲，只是三白和他的兄弟們在路上亂滾，拿鳳凰木的豆莢追著對方打。

「步上修羅道，妖魔受死吧！」

「大膽！看我降魔劍！」

四兄弟打得不亦樂乎，胡亂揮舞的豆莢打在他們身上，立刻斷成兩截向外彈飛。他們樂得哈哈大笑，一邊從草叢和腰兜裡摸出更多豆莢，沒武器的人就從地上抓乾豆子亂丟。

「柳條！」

「嘿！柳條，快過來！我們兩個一起對付七層——不要讓他跑了！」

看得出來為了這一天的遊戲，四兄弟花了多少心思蒐集鳳凰木的豆莢。柳條只猶豫了瞬間，就跳下場加入他們的遊戲。沒多久土松姊弟們也來了，貼耳狗的小小薜荔多們路過時，看這群調皮鬼看得出神了。滿山遍野的小薜荔多鬧得小福村熱鬧滾滾，直到各家母親拿著藤條出來趕羊回家。

柳條和同伴們一邊逃一邊大笑。農地裡的事務差不多完結了，在收成之前無甚大事要忙，小薜荔多可要抓緊這一點點的時間，享受在野地裡亂跑亂跳的生活。特別是那些男孩，他們很快就要離開小福村，到遙遠的香海去當兵了。

被媽媽揪著耳朵拖回家的柳條一邊喊痛，一邊想起剛才忘了問金翼最後一個問題。

牠說仰澤和未濟再次認識。為什麼？他們先前還有認識第一次嗎？柳條跟著阿嬤念書的時候，腦子裡想的全是這個問題，連白楊嬤把同一個章節讀了兩次都沒發現。

七、仰澤與未濟

「妳又來啦？」

金翼打了一個哈欠，慵懶的視線把全身濕淋淋的柳條上下打量了一次。

「妳看起來比昨天狼狽不少。」牠說：「還有力氣幫我清翅膀嗎？」

「當然可以。」雖然耳朵被捏得紫一塊青一塊，柳條還是沒忘記去摘水芋仔來找金翼。金翼展開翅膀壓低身體，讓柳條做她的工作。說實話，柳條懷疑咬傷金翼的不是普通的動物，否則牠的傷口怎麼會一直壞下去，絲毫沒有好轉的跡象？她試著用媽媽的草藥膏，但是除了讓傷口的臭味更濃之外，成效甚微。

完成後，柳條一屁股滾下金翼的翅膀。

「呼！」

「怎麼了？」

「腳痠。」柳條說：「你都不知道林投的皮有多難剝。」

「手剝樹皮和腳有什麼關係？」金翼問。

「我可以一手一腳各剝一根呀！」柳條示範動作給金翼看。「只要把林投靠在肩膀上，用腳趾夾住之後，手指摸一下就能把皮剝下來了。」

「妳那什麼醜樣子。」金翼搖頭說。

「我們要做新袋子裝今年的玉米梗。」柳條說：「我們今年會有比去年還要好、還要更多的玉米。我們可以換到好多、好多杏頁，然後、然後……」

說到這，柳條又不禁憂鬱起來。好多好多杏頁，不正意謂著好多好多渣餅嗎？

「不喜歡吃渣餅是吧？」金翼笑說。

「你怎麼知道？」

「我活超過五百歲，知道的東西可多了。」

「那你說說看我們的監齋長什麼樣子。」

金翼看著她，有些不可置信的樣子。「就問這個問題？」

「被難倒了嗎？」柳條反問，她有自信金翼一定從來沒看過監齋的樣子。監齋那副神奇的尊容，沒有親眼見識過的一定說不出口。

「監齋又叫緊那羅，緊那羅長得像雙腳直立的人類，不過脖子上有顆馬頭，馬頭上有支怪角。」金翼說。

柳條愣住了。

「我還以為妳會問多難的問題。」金翼搖搖頭。

「你看過我們的監齋嗎？」柳條傻傻地問。

「這世上除了四聖之外，該看的東西我一個都沒漏掉。」

「你知道四聖長什麼樣子？」

「他們已經死光了，想找也找不到。」金翼嘆口氣。「如果妳剛剛問的是這個，我可能就投降了。」

柳條也是剛剛才想到這一點。大家老愛把四聖掛在嘴邊說，但似乎也沒人能說出個所以然。即便像金翼見識這麼廣也不知道四聖的真面目，看來他們果真只存在於神話故事當中。

「回到妳心心念念的故事吧！」金翼說：「妳出完考題了，換我來出一題給妳回答。」

「你想問什麼？」

「妳昨天聽了未濟的故事，在我把仰澤的故事說下去之前，來猜看看這個瑯邪山的明星接近未濟有什麼企圖如何？」

「他喜歡他？」

金翼眨眨眼。「不是，你昨天有聽我說故事吧？他們是師兄弟。」

「如果仰澤不喜歡未濟，那為什麼要接近他？」柳條這就不懂了。「就像我也是喜歡銀枝，所以才會和銀枝說話。其他人不喜歡銀枝，所以就躲開她。然後大家都怕針口，所以都不敢靠近針口不是嗎？」

金翼深呼吸。「有時候我真羨慕你那單純的小腦袋。」

「你的大腦袋不好嗎？」

金翼第二次深呼吸。「我的腦袋好得很。回到故事，妳猜錯了。」

「所以是未濟喜歡仰澤？」

「這我倒是不能說妳錯了。」金翼說：「但是相反的，仰澤接近未濟的目的是為了殺掉他。」

「什麼？」柳條嚇了一大跳，瞪大眼睛質問：「為什麼？」

「因為仰澤成為瑯邪山的明星是有原因的。」金翼得意地搖頭晃腦說。

「他做了什麼？」

「為了在十年內超越極限，修練成仙脫離凡人悲慘的命運，仰澤甘冒奇險，違反禁忌接近金頂上的龍女。有了龍女幫助，仰澤藉由不斷吸取地陰之氣，滋長元陽，迅速突破凡胎肉體的限制。就在他修練大成的那一天，不巧被未濟撞見了。

未濟不懂他看見了什麼，但是仰澤內心卻生出可怕的鬼怪。那是求道之人的執念，偏差之後產生的恐怖心魔。仰澤扮作好人的樣子，接近未濟、試探未濟，想知道未濟記得多少、了解多少，更重要的是在未濟向其他人透漏之前，將這個愚鈍的小師弟滅口。

妳可以想像這一切在未濟眼中是幸運的一件事。突然間瑯邪山的明星對他青眼有加，為他平日困頓的生活注入了光采。」

金翼的聲音變得低沉恐怖，天上烏雲翻湧，明亮的陽光被掩去。周圍的山林瑟瑟發抖，好像也在害怕巨鵬故事中恐怖的心魔侵擾。柳條感覺大地隱隱震動，彷彿有隻巨獸在地底翻了身，躁動的軀體正準備突破厚重的土石。

「唉唷、唉唷，要變天了。」金翼說：「看來有個大傢伙吃壞肚子。」

「地牛翻身了。」柳條說。

「那條老蟲就是不知道怎麼安安靜靜過日。」金翼冷笑兩聲。「唉，別抓我的爪子，怪難受的——我是說，妳要是不小心被我踩死了，以後誰來幫找這些水芋仔？」

柳條放開巨鵬的爪子，拱著肩膀爬回原先的座位，然後又把屁股挪近巨鵬。金翼兩隻腳往後縮，好看清楚躲在影子下的柳條。

「為什麼你會難受？」

「我可不像妳們，我的爪子可是很敏感的。」

「我的腳也很敏感。」悶悶不樂的柳條說：「而且你的故事好恐怖，我都不知道人類這麼可怕。」

「妳不知道的事可多了。喜怒憂懼愛憎欲，六凡諸道惡情纏，哪個心魔不恐怖嚇人？」

柳條皺起眉頭。「你不要念那種怪詩，我聽不懂。」

「妳聽得出來這是詩？」金翼眨眨眼。「真是想不到。」

「阿嬤唸書給我聽的時候，我都會叫她跳過，可是她偏偏很愛念這個。」

「念詩很好玩呀。」得意的金翼像斑鳩一樣發出咕嚕嚕的聲音，只不過牠的咕嚕聲大到讓柳條耳鳴。柳條抓抓頭，她得快點擺脫這個無聊的詩，讓金翼繼續講故事才行。

「所以，未濟怎麼辦？他有發現仰澤多壞嗎？」

「妳猜猜看。」

「我要是知道還要問你嗎？」

「用妳的腦袋，未濟要是死了，誰來說故事給我聽？」金翼反問。

「誰知道你說的故事是不是和你的詩一樣，通通都是編的。」柳條立刻反擊。

「唉唷，不錯，知道回嘴了。」金翼笑呵呵說：「妳說的也沒錯，腦子總算派上用場了。」

「所以未濟和仰澤後來怎樣了？」

「仰澤裝成好人的樣子，把未濟耍得團團轉，還以為這個大師兄有多關愛他，有多想幫助他突破瓶頸。高高在上的仙人們目睹一切，卻刻意放任他的行為，他們決定拿未濟當誘餌，將仰澤引出蛇洞。等時機到來時，他們會將這兩個不守戒律的弟子一網打盡，從瑯邪山的名冊中永遠刪去。

令人意外的是，最後下手殺害未濟的人，是一直置身事外的龍女。在眾仙保持觀望，仰澤舉棋不定的時候，深愛仰澤的龍女先下手為強，將未濟滅口。龍女設局欺騙未濟，引誘他為仰澤犧牲。愛戴仰澤的未濟沒有絲毫猶豫，就走上龍女替他擺出的絕路。到死，他都以為自己為仰澤付出是正確的，不管有多少跡象顯示他的付出最後只會付諸流水，他還是義無反顧。

於是，未濟死了。他死得毫無價值，什麼都不明白，什麼都沒學到，性命就像朝露一樣輕易遭人拭去。」

「你剛才說未濟沒有死。」柳條說：「你騙我？」

「我沒有騙妳，龍女真的殺了他。就這樣一劍刺進他的心臟，什麼道身肉體、百年修行，就這樣一下通通毀了。」金翼說：「他拖著最後一口氣，抱著不解爬出瑯邪山。他不甘心，不甘心自己沒辦法親眼看著仰澤成仙，也就這麼一點不甘心，讓他來到我的面前。」

「你救了他？」

哀傷的金翼搖搖頭。「我救不了他。我能做的只是替他拖延時間，但是不管拖得多久，他永遠都沒辦法看見仰澤成仙的英姿。和逐日的夸父一樣，他看不清現實與理想有天地之遙。」

柳條頹坐在地，她聽不懂這個故事。「他們為什麼要這麼做？」

「妳說誰？」

「他們，仰澤、龍女、那些仙人。」柳條說：「為什麼未濟不能好好活下去？他雖然很笨，但是他聽起來是個好人。」

「這世上死最快的就是很笨的好人。他們自以為是，腦子一頭熱就往前衝，完全不管自己做對還是做錯。」

「你偷罵未濟？」柳條疑問道：「我還以為你們是朋友。」

「誰會這麼倒楣，有他這種失約的朋友？」金翼又用鼻孔哼氣，柳條發現牠真的很愛這麼做。

「所以你救了未濟？」

「如果幫他拖著一條命也算的話。」金翼回答說：「這就是為什麼我會出現在這裡的原因。」

「什麼？」柳條大聲抗議：「等一下，你這個故事根本沒頭沒尾！你是怎麼救未濟一命，又為什麼要來這裡根本沒有說清楚。」

「我救了他，然後我們兩個一起飛到鬼蓬萊，故事完了。」金翼說話時頭往上抬看著天空，連看都不看柳條一眼。

「不對！這樣根本沒講完！」柳條大喊想引牠注意。「我還要聽更多！你是怎麼救他，又為什麼要一起來小福村這裡，這些事情你都沒有解釋清楚。」

「妳嘴巴閉起來，小福村、鬼蓬萊，我無所謂，反正我在這裡了。」金翼說：「當然我也想講清楚，只可惜我們沒時間了。」

「怎麼會？」

柳條回頭望，她今天來得早，就算金翼已經講了這麼一大篇，天上的太陽依然熾烈。

「時間還早，我們還有時間把事情講清楚。」柳條高興地說：「你快點把故事說下去。」

「不行，我剛說過，沒時間了。」金翼不知什麼時候，口氣變得沉重憂愁。他似乎非常在意天上翻滾的雲，大眼睛盯著一動也不動。

「怎麼了？」柳條問。

「他們來了。」

不等金翼把話說完，柳條已經跑上前抱住金翼的爪子。金翼張開翅膀將她蓋住，伸長脖子警戒。

「不要出聲。」他輕聲說：「我的咒語可以掩去我的身形，但要是妳被他們發現，咒語就失效了。」

那些雲飄過蓄山山頭，金翼縮起脖子，讓那些不斷逼近的雲朵飄過。

「乾闥婆。」金翼輕聲說。

「那是什麼？」

「飛天。」金翼的口氣非常惡劣。「天眾的爛爪子。」

「飛天？」柳條問道：「你說的飛天是香陰嗎？」

「沒錯。」

香陰怎麼會來小福村？柳條放開金翼的爪子，焦急地跳上土牆遠眺。飄向小福村的雲朵留下淡淡的香味，在半空中盤旋發光，然後分成好幾束往不同的方向而去。

「我要趕快回去。」柳條回頭對金翼喊道：「媽媽很可能在找我了。」

「我沒有意見。」金翼回答：「如果平安沒事的話，明天過來，我可以把故事繼續講完。」

「故事還沒完？」

「我想這取決於妳。如果妳還願意聽下去，那故事當然還沒完。」

柳條隱隱約約覺得自己又被要了，這隻狡猾的巨鵬，總是有辦法把她要得團團轉。

「你剛剛說仰澤要擺脫煩人的命運，什麼煩人？仰澤有麻煩嗎？」

「是凡人，不是煩人。」金翼說：「不過某個角度來說，命運是大麻煩沒錯。」

金翼突然變得嚴肅讓柳條不大習慣，讓她又更想快點回村子裡。巨鵬草草結束故事是因為那些雲，那些雲飛進她生活的村子，不知道有什麼企圖，和金翼說的命運不知道有沒有關係。

「我要回去了。」柳條說：「明天見。」

金翼點一下頭，柳條立刻跳下土牆，放開腳步往村子裡跑。

※

柳條跑得飛快，就怕跑太慢錯過大事。好奇怪，她從沒聽說過香陰在收穫前出現。平時會到小福村的只有監齋，負責監察他們耕種是否順利，收繳的作物數量足不足而已。香陰？從來沒聽說過會在平日出現。

「柳條！」跑過二點水時，銀枝在她身後大喊：「柳條等等我！」

「銀枝？」柳條停下腳步，等上氣不接下氣的銀枝趕上。「妳也看見他們了嗎？」

「看見、看見、見什麼？」銀枝臉紅通通的，像要流血一樣恐怖。「我聞到香味了，那個味道好重，所以我就、就……」

「就跑來了？」柳條趕緊伸手扶她一把，以免銀枝昏倒在半路上。

「謝謝……」銀枝喘過氣，抓著柳條說：「是香陰對不對？他們飛來小福村了？」

「是香陰沒錯。」

銀枝鬆了口氣，臉上露出大大的笑容。

「怎麼了？」柳條問。

「沒事，只是早上突然地牛翻身，我還以為有不好的事。」銀枝說：「是香陰來訪視真是太好了。」

「真的嗎？」柳條沒辦法像她這麼樂觀。都怪金翼，牠恐怖的警告讓人不安到了極點。

「我們快點到老茄冬那裡去。香陰進村，其他人一定也都去集合了。」銀枝急著要往前走，柳條只好握住她的手，陪在她身邊進村。

正如銀枝所預料，大大小小的薜荔多從田野裡鑽出來，急著往老茄冬的方向跑。監齋敲起集合的鼓聲，濃烈的香氣瀰漫小福村。大家嘰嘰喳喳擠成一團，小心繞成一個又一個雜亂的同心圓，繞著老茄冬又保持著距離。在大樹下有三個威嚴的身影。

監齋和纓口站在一起。他們一個就像金翼說的，一個長角的綠馬頭配上直挺挺的身軀。監齋身上穿著紅金兩色的制服，在驕陽下像盔甲一樣閃閃發光，腰際纏著漏斗狀的小鼓。他身旁的纓口脖子上掛著華麗的布片，像玉米穗一樣金光閃閃，帶著大隊針口隨侍在側。纓口的身形是普通針口的兩倍壯，但站在高大的監齋身邊還是遜色不少；當然柳條也沒因此認為他和藹可親就是了。

不過今天大家的視線沒放在這兩位常見的凶神惡煞上，真正讓薜荔多們害怕、疑問的是兩人之間足不點地的香陰。香音下半身纏著紫色絲裙，淺綠色的羽衣繞著他的肩膀和腰身憑空飄揚。

香陰都裸著上半身，乳脂般的膚色和圓潤緊緻的軀體，在在讓薜荔多相形自慚。柳條看不到他的腳，這倒不是因為她和其他人一樣急著把胸兜和腰兜拉高，好擋住枯瘦畸形的身體，而是香陰好像根本沒有腳這種東西。

香陰的頭髮上纏著寶石瓔珞，開口時濃烈的香氛讓人為之動容。

「諸凡。」他說：「今日來訪，天主囑吾人帶下口諭，要諸凡奉行。」

柳條身邊的銀枝在香陰將視線掃過時深吸一口氣，抓緊柳條全身抖得不像話。她膝蓋出了什麼問題嗎？

「三十三天威儀高潔玄揠龍王日前遭奸人陷害，幸舟天聖主神威庇蔭，性命未傷。奈何龍王傷重，隱蔽落伽谷休養，諸凡當好生奉侍，待龍王康復自有重賞。」

薜荔多們忙不迭地點頭附和，尤其是站在最前面的虎仔花，頭點得最用力。

「特此，賞小福村諸凡一百杏頁，以為慰勞。」

香陰舉起手，一時間薜荔多們你看我我看你，不知道該怎麼辦。監齋輕輕咳了一聲，虎仔花才恍然大悟，雙手舉高，兩隻腳趴啦啪啦往前走。

等到虎仔花就定位，像變戲法一樣，無數的杏頁從香陰的手中落下，緩緩飄到村長手上。虎仔花張大嘴巴，看著杏頁堆滿手掌，再緩緩落到地面上。看見淡金色的杏頁落土，她這才驚醒過來，嘴巴上忙不迭地道謝，雙手趕緊掏出麻袋把杏頁裝進去。

等虎仔花撿完杏頁退回隊伍中，香陰才再次開口。

「另，有鑑玄揠龍王養復期間諸事繁忙，天主有令，要諸凡提前夜宴送行，令各村新兵順利前往香海，莫使諸事糾纏，拖延腳步。諸此，奉行。」話說到這，飄在半空中的香陰揮一下手，監齋拍兩下鼓後，也踏上圍繞在他身邊的雲霧。兩人隨之飛上半空，緩緩向著北方而去。

聽到解散的鼓聲，小福村的村民不禁鬆了口氣，垂下肩膀互相拍肩握手。

「沒有什麼大事。」虎仔花開心地對圍到她身邊詢問的媽媽們說：「我想香陰大人的意思是天主要我們提前準備夜宴，好讓我們今年的新兵快點去香海報到。纓口說玄揠龍王的傷勢不知道什麼時候才會好，與其讓小鬼被雜事綁在村子裡，不如早點到香海去也好。」

大家的視線偷偷投去，留下來的纓口發出咽嗚聲表示贊同。

「你們看，這不就得了？」虎仔花開心地說：「不管老鬼小鬼手腳都俐落一點，要辦送行夜宴了！」

八、夜宴

當然事後還是有不少小道消息傳出，畢竟這是薛荔多的本性之一，聊天八卦，無事生非。有則謠言說可惡的妖魔侵擾他們的海岸還不夠，還放出可惡的毒蟲滋擾地牛，搞得天天地牛翻身，弄得小福村上下精神緊張。好在有龍王降臨，大家才能諸事平安。

柳條覺得這則謠言大有問題，卻說不出個所以然。只是準備夜宴轉移了不少注意力，地牛翻身時大家抱穩瓶瓶罐罐，撐一下也就過去，沒幾個有心探究謠言真假。提早舉行夜宴是匆促了一點，但知道家裡的小薛荔多能提早成為士兵，幫忙抵禦騷擾海岸的妖魔，每個媽媽在路上爬的時候頭都不自覺抬高了。香陰侑達完畢之後就離開，監齋卻留了下來，天天帶著虎仔花四處確認大家的進度，弄得全村精神緊張。

「結果根本沒什麼。」忙碌的柳條逮到機會偷溜出村子，跑上薔山告訴金翼一切平安。「我們忙著做渣仔粿，根本什麼事都沒發生，你昨天是自己嚇自己。」

「渣仔粿是什麼？」金翼轉移話題。虧牠還自誇活了五百歲，卻連渣仔粿是什麼都不知道。

「把渣餅和厝腳草、艾草加麵粉揉在一起，然後蒸一蒸就是啦！」柳條向金翼解說：「監齋有拿麵粉給我們耶！每次看到麵粉，就是要做渣仔粿的時候。」

「聽起來非常可口。」金翼鄙夷的神情一點說服力也沒有。反正柳條也不稀罕，她只是來和金翼說一聲而已。接下來幾天她會忙得不可開交，想溜出來上薔山和牠說話的機會會變少很多。

「你要乖乖待在這裡別亂跑喔！」

「知道、知道。」金翼懶懶地說完，又把頭窩進翅膀下睡大頭覺。柳條不確定自己是不是看錯了，可是金翼的羽毛看起來愈來愈沒光澤，和牠剛掉下來時金光閃閃的樣子大不相同。這也是牠隱藏自己的咒語嗎？把羽毛的光遮起來以免不被發現？

柳條本來打算把巨鵬叫醒問清楚，又想到如果牠是在睡覺休養體力的話，叫牠反倒不好。媽媽說過，要是把做夢做到一半被叫醒，會把噩運給帶進地洞裡。所以柳條輕手輕腳跑開，鑽過牆縫回到村子，加入製作渣仔粿的行列。

送行夜宴的食物向來都是重頭戲。醃了一整年的野桔醬終於可以從地洞深處搬出來，溪裡撈到的蜆和土鯽裝在竹簍裡，渣仔粿堆成小山。紅莧菜、雨來菇、木鱉果堆在竹筐裡，虎仔花和好幾個老阿嬤一起拜訪纓口，把珍藏已久的斧頭請出來，到北邊的山谷砍了一棵山棕回來，挖出嫩芯準備料理。

這是小福村一年一度的大日子。預備遠行的新兵們什麼事都不准做，只能頂著野薑花編成的花環，坐在老茄冬下觀賞全村上下亂跑。如果哪個薜荔多和他們看對眼了，就能送自己做的手環給他們。等到夜宴那天，虎仔花會帶著新兵和他們選中的伴侶到山谷裡去。

等到太陽出來時，虎仔花會帶回他們的伴侶，監齋則會帶走新兵。

突然間附近溪流裡的燈心草遭逢大劫，年紀足夠的薜荔多們趁著空檔，紛紛跳水割草回家做手環。路過池塘邊看見被割得像鬼剃頭的草叢，就知道剛剛是哪家的女兒來過。柳條沒加入他們，她年紀還不到，而且據說要是做了手環，第二年肚子裡就會跑出小薜荔多。

又一個謠言有待商榷，有些陪新兵上山的薜荔多回來後還是繼續過他們平常的生活，沒多出一串小鬼跟在後面。另一些小鬼，比如貼耳狗，則莫名其妙多了好幾十畝地得耕種。柳條還不急著改變自己的生活，有隻巨鵬窩在薔山半山腰就夠她煩惱了。

另一個和她一樣，對大樹下的新兵興趣缺缺的是銀枝。事實上，從香陰宣布提早舉辦夜宴之後，銀枝好像非常失望，懶懶昏昏的提不起勁。她沒有荒廢園地，但也僅止於把事情做完而已，那些太陽花頭沉沉的，和她一樣沒有幹勁。

「沒事，妳不要擔心。」柳條藉口要摘花溜到她的田地裡探望，銀枝依然不肯鬆口。

「妳的葵花都乾掉了。」柳條指出這點。

「要結籽了，花當然全都要乾掉。」銀枝漫不經心地把長了粉蝨的葉子捏下來，丟進身旁的水桶裡，裡頭堆了半桶滿是白點的葉子。

「好多粉蝨。」柳條說。

「幫我去提一桶水來把牠們淹死好嗎？」銀枝說：「我只有一個桶子，好多事情都不方便。」

「找老檜婆幫妳做新桶子，我們家的桶子都是她做的，好用又不會漏。」柳條說。

「我知道要找老檜婆，我早就知道了。只是人家不想接近我，我還能怎麼辦？」

難得銀枝的口氣聽起來憤怒又不滿，發生什麼事了？柳條直覺這和桶子或是老檜婆無關，卻又不知道該從哪裡說起。

「我不該發脾氣。」安靜片刻後，銀枝搖搖頭，停下手上的工作對著柳條說：「抱歉，要收成了好多事要忙，然後夜宴又要提早，好多事情要做。」

「沒關係啦。」柳條拍拍她的肩。「有什麼我可以幫忙？」

「幫我找哪裡有找咬人貓好了。」銀枝苦笑說：「我上次摘的都吃完了。」

「咬人貓？」柳條皺起眉頭。

「對呀，泡在熱水裡煮，很好吃呢！」

柳條知道，只是如果沒記錯，上次她才幫銀枝摘了整袋。她就這麼喜歡吃這種會咬人的毒草？

「我會找找看，咬人貓很會長，應該很好找。」柳條說。

「太好了。」

在午後的驕陽下，銀枝白色的頭髮閃閃發光，美得令人窒息。她好厲害，就算全身滿頭大汗，身上還是傳出一股淡淡的香味。如果是柳條，早就臭得像發酸的醃菜了。看來除了心情不好之外，圓滾滾的銀枝比平時都還要好，大概終於知道怎麼照顧自己了。柳條告別銀枝，爬出葵花田。

說穿了，其他人應該多和她說話才對。回家的路上柳條忍不住嘆氣，她一直弄不懂為什麼大家討厭銀枝的白頭髮、白皮膚，明明就很漂亮不是嗎？如果她運氣好，家裡有一大票手足，或許就不會有這個問題了。可惜銀枝運氣不好，向來都不好。

不用什麼超人的智慧也知道運氣不好讓銀枝變得膽小，膽小又讓她的運氣更差。然後說到膽小……

要是我開口命令她，很可能會把她和她的孩子嚇死。

柳條一直沒仔細想過金翼為什麼說這句話。這個神祕的媽媽會是誰呢？柳條從來沒看過除了她之外的人，鑽過土牆的縫隙跑去偷看金翼呀！趁著舉辦夜宴，手忙腳亂時口風正鬆，柳條可以想辦法來找一下。

她第一個目標是地洞離二點水最近的貼耳狗。

「薔山？」

貼耳狗正忙著把孩子們趕出地洞，趁著家裡易碎的甕碗都拿去支援夜宴時，將地洞來個大掃除。她的孩子們頭頂著一條玉米葉被單，在門口繞圈亂跑尖叫。

「安靜點！」貼耳狗揮著掃把大吼，嚇得柳條縮一下脖子。「沒事，不是說妳。柳條仔，妳剛剛說薔山是不是？」

「對呀，上面結了好多薜荔果。妳去看過嗎？」柳條問。

「沒有。我不大喜歡薔山，也不准我家小鬼去薔山——安靜！」貼耳狗喊完又回到洞裡拿起掃把猛揮，把西瓜蟲和飛蛾揮出洞門。

「為什麼？」柳條縮著脖子躲掃把。「薔山有什麼不好嗎？」

「那堵牆很危險呀！」貼耳狗說：「誰知道那堵牆什麼時候要倒？我叫虎仔花找針口來拆牆，講了幾百年也沒半點鬼影子過來。」

「有牆才好，才不會看見後面藏了什麼不是嗎？」柳條壯起膽子說：「比如說有些稀奇的鳥？」

「鳥？妳跑去抓鳥嗎？」貼耳狗不知道從哪裡掃出一把枯死的土豆莖和果殼，天女散花往外亂丟一把。柳條趕緊趴在地上躲開，看來為了生命安全，她還是先離開的好。

告別貼耳狗，她第二個選上土松姊弟的媽，胭脂菜。

「我沒在用薜荔果作麵糰，薜荔果不能做麵糰。」胭脂菜正忙著攪拌飯斗裡的麵糰，累得滿頭大汗。從小到大柳條就很納悶為什麼飯斗要叫飯斗，特別是她這輩子從來沒看過飯是什麼是東西。

「薜荔果是好東西，可是夜宴不會用薜荔果。大家忙著做粿，沒時間洗薜荔果。」

確實如此，胭脂菜滿頭大汗，手腳都陷在飯斗裡，裡頭的渣餅好不容易才和麵粉、艾草混在一起。柳條得說這一幕挺有趣的，他們一家老小都站在飯斗裡，捏麵糰捏得滿頭大汗，手腳沾滿麵團渣。

「土松呢？」柳條問：「妳們最近有沒有跑到薔山上去？薜荔果結了好多，還有艾草也是。」

「我們只摘了艾草。」土松亮出滿手的艾草乾。「然後──唉唷！」

這傻鬼舉起雙手的同時，又試圖把左腳拔出麵團，下場就是失去平衡跌了個四腳朝天。

「土松！」一群妖魔鬼怪大聲尖叫，伸手試圖營救同伴。反應敏捷的柳條趕緊往後跳，遮住眼睛不敢看麵團和飯斗凌空亂飛的慘狀。胭脂菜一家七手八腳疊在一起，半成形的麵團東一塊西一塊，沾得到處都是。最慘的土桂頭塞在土松的飯斗裡，腳和土蔘的脖子纏在一起，姊弟發出被麵團悶住的淒厲慘叫。

柳條伸手想幫忙，氣急敗壞的胭脂菜立刻揮手拒絕，要她快點回家。

「我剛才好像聽到紅荊在叫妳。」

她凶狠的眼神把話說得很清楚，柳條最好在惹出更多麻煩之前，自己找個地方躲好。胭脂菜絕不會被金翼嚇死，這個憤怒的媽媽說不定比懶散的巨鵬還恐怖。只是柳條在外面玩了一天，現在也不敢回家。反正都要被打，不如多玩一下再回去。

但是要玩什麼？大家都忙著準備夜宴，她的搜查也以失敗告終。大家都是摘了草或果子就回家，除了她和銀枝之外，沒人有興趣去爬薔山，更別說是鑽過土牆的縫隙去發現受傷的金翼。

柳條在廣袤的玉米田中閒晃，玉米已經長得好大好大，準備要收成了。雖然討厭渣餅，但不可否認要是沒渣餅能吃，小福村的村民通通都會餓死。玉米豐收媽媽應該也會很高興，說不定脾氣就會好一點，還能拿多出來的杏頁換點有趣的東西。柳條真希望監齋帶來的賣貨郎手上有本書，只要一本新的就好，阿嬤偷藏的那本她都快要會背了。

柔軟的玉米葉撫過她的手背，柳條只用雙腳走路，舉著手慢慢穿過田間的小路。這麼做會給人一種錯覺，好像有很多人圍繞著你，不經意碰觸你的手臂。被人圍繞帶給柳條安全感，保持安靜可不是薜荔多的本性，有什麼好玩、好吃的，就是大家一起分享才有趣。柳條閉著眼睛走呀走，算算時間她該撞上另一群調皮的孩子，討論一下接下來該去哪裡惡作劇了。

回應她的是肚子咕嚕嚕叫的聲音。

柳條嘆了口氣，這壞肚子真會挑時間。不過倒也奇了，四周好安靜，平時無所不在的村民們這時候消失得無影無蹤。納悶的柳條踏上小路，左右張望找了一下界石和田邊的樹，這才發現自己走到了哪裡。

這是三白他們家的田，他們家的孩子都是今年的新兵，所以這裡當然一個鬼影子都沒有。如果沒有意外的話，千金現在應該在老茄冬旁，和其他媽媽談天說地笑得合不攏嘴，為自己的兒子即將入伍而驕傲吧！柳條記得去年阿錢和阿金姊妹就是這樣，到處說他們兩家總共有十五個孩子要入伍，驕傲得不得了。

柳條試著想像那種心情是怎麼回事。

不行，她完全不能想像，誰叫她一個孩子都沒有。如果她有了孩子呢？像貼耳狗一樣挺著大肚子，然後噗通一聲把孩子給拉出來？

柳條打了一個冷顫。她得想辦法把這件事問清楚，否則未來給她碰上了該怎麼辦？

尋思間，細小的哭聲傳進柳條耳裡。是銀枝嗎？還是愛哭的絲絨仔？柳條暫時把心中的疑問放一旁，走進田地裡一探究竟。現在應該是大家開心準備慶祝的日子，除了脾氣古怪的銀枝之外，還有誰會躲在這裡哭呢？柳條輕手輕腳繞過玉米的莖桿，以免碰壞了寶貴的玉米。

出乎意料之外，出現在柳條眼前的是千金。她哭得一身焦黃的皮膚抽呀抽的，像隨時要崩裂的老樹皮，眼睛湧出的淚水弄濕了鬢邊。如果嫌這還不夠嚇人，有條和柳條小腿一樣粗的大玉米躺在她腳邊，外頭的葉子還是鮮綠色的，穗鬚還沒變黑。這是一根上好的玉米，如果能成功長大曬乾，一定可以榨出不少油。可是它被摘下來了，像垃圾一樣丟在千金腳邊。

「千金？」柳條往前走，千金抬起頭，手忙腳亂用胸兜的尾端把淚擦乾。

「小柳條是妳呀！」千金用異常熱烈的聲音說：「怎麼沒去玩？」

「我聽到哭聲……」

「是嗎？」

「而且好像哭得很傷心。」柳條小心翼翼地說。靠近仔細看，她看見千金臉上有傷痕，像是指甲刮出來的。

「有嗎？」

柳條的視線往下，盯著地上的玉米。「妳在哭這條玉米？這條玉米長得不好嗎？」

「沒有，玉米沒有不好。」

「那妳為什麼要把它扯下來？」

「因為、因為……」淚水又在千金的眼眶裡打轉。「我想要摘給三白他們吃，他們幫我照顧玉米這麼久，從來沒有偷吃過任何一粒。我在想如果這最後、最後……」

她忍不住了，抱住柳條嚎啕大哭。嚇壞的柳條不知道該怎麼辦，只好垂著手讓她抱著哭，等待她的恢復平靜。

「別哭了。」等到終於有插話的空間，柳條拍拍千金的背安撫她。「三白他們要去香海了，妳不是應該很開心嗎？」

「他們都不會回來了。」千金哭著說：「不管有沒有變成大勢，都沒有小鬼回來過小福村。我記得很清楚，我的兄弟、我兩個孩子，然後是三白、五加、七層……」

這是真的嗎？柳條不敢想。這想必是真的，否則千金不會哭得這麼難過，小福村也不會從沒看過任何一個大勢回來找媽媽。可是千金說的鐵定是假的，不然怎麼解釋有這麼多媽媽歡天喜地把孩子送出門，好像兒子即將成為大勢歸來一樣？柳條不知道該說什麼，也不知道該怎麼安慰千金，只能傻傻站在原地。千金一直哭呀哭，哭到聲音都啞了，好不容易才停下來。

「抱、抱歉，我不知道我是怎麼了，只是一根玉米而已我不知道為什麼要哭得這麼難過。」千金放開柳條，撿起地上的玉米，撥開包裏玉米的葉片。「太生了。」

看著慘白的玉米粒，柳條好像也感染了千金的悲傷，不由得一陣鼻酸。千金把不能吃的玉米隨手丟在地上，用手把臉上的淚痕擦掉。

「妳別說出去，我太傻了才會因為一根玉米哭得像小孩子。」千金說：「我老糊塗了，才會這樣哭。」

「好啦，我不會講。」柳條說：「我們快點到老茄冬那邊去，其他人一定都在那裡等吃好料。」

「妳說得對，大家都在等吃好料。」千金破涕為笑，挽起柳條的臂彎。「我們快點過去，我蒸了一大籠的粿，一定會很好吃。」

她拉著柳條離開玉米田，臨走前又瞥了躺在地上的玉米一眼。柳條猜千金也和她一樣，想回頭把玉米撿起來，卻又不知道撿了能做什麼。這真是矛盾的心情，柳條有空該問問媽媽或是金翼，說不定他們懂這是怎麼回事。

不過眼前沒時間擔心了，薛荔多們正要狂歡，就是天傾不周都要等一等。

太陽快下山了，小福村的村民愈來愈躁動難安，不時有張闊嘴不知節制，爆出一兩句歌詞。每當這個時候，老鬼小鬼莫不噓聲連連，用力對著天空拍手蓋掉歌聲。大家都知道在白日唱歌是壞兆頭，偏偏多得是傻子頭毛試火。

食物的香氣取代平日的肥料味，今天沒有薛荔多會下田工作。老茄冬下的新兵守著彼此等待宴會，他們已經選好手環了，等等大餐開動的時候，自然會有他們中意的女孩過來探視，確認自己今年拿到大獎。

柳條把千金帶到其他媽媽身邊，大家不斷互道恭喜，恭喜彼此明年少了十畝田要勞心勞力，少了一張嘴巴吃飯。不只如此，他們還多了好幾個兒子在外打拚，準備要成為受天主青睞的大勢，榮耀村里和母親的名號。

日落前一刻，虎仔花好不容易才把所有村民都給按在地上，要他們坐著乖乖等待。她自己走到老茄冬下，要所有新兵握住彼此的手圍成一個圈，然後退回村民間加入圈子。小福村安靜下來，大地慢慢陷入黑暗。

然後有一個聲音，不知道是誰起的頭，開始誦唸過往四聖的名號。柳條也在其中跟著誦唸，雖然她和其他老鬼小鬼一樣，根本不知道這些字眼是什麼意思。但他們還是一起將破碎的聲音串成一首歌，白楊嬤和紅荊分別握住她的左右手，閉著眼睛專心誦念。這不只是帶來心靈的平靜，還能形成保護，驅趕任何想趁著夜宴侵犯小福村的邪惡力量。

這是屬於薜荔多的時刻，就連針口和監齋也退出村子放任他們狂歡。歌曲結束的剎那一片靜默，和開始一樣神祕，歌聲結束和開始一樣神祕。然後大家起身，碰觸準備了好幾天的豐盛食物，第一個薜荔多將渣仔粿放到嘴裡。

狂歡由此而始。

新兵們不用加入這場混戰，他們可以坐在老茄冬下，享受虎仔花專門為他們料理的土鯽魚和河蜆湯。他們是小福村今天的王，可以坐在高高的位置看底下的臣民混亂顛倒。

白日架好的柴堆熊熊燃燒，吃飽喝足的薜荔多們圍到火焰旁，手牽著手繞著火焰跳舞。被視為禁忌的歌聲此時終於能夠釋放，隨著舞步愈舞愈狂，歌聲更是加倍嘹亮，轟隆隆震得周圍的山林枝葉顫抖，私釀的飲料灑了滿地。柳條被狂歡的氣氛感染，跟著土松姊弟像瘋子一樣滾過樹下的廣場，用腳拿木碗當響板發狂地敲。

今夜是如此歡騰，甚至連紅荊都露出笑容，和白楊嬤一起拿著木碗大笑，大口灌著飲料。直到營火熄滅前，歡笑聲都不曾停歇。

時辰一到，虎仔花拿了根著火的木柴當火把，帶著新兵和他們選中的女孩離開村子，全村的薛荔多合唱送他們離開。隨著他們身影消失，歌聲漸歇後媽媽們握住孩子的手，一個挨著一個返回地洞。

「下一次夜宴是什麼時候？」柳條在回家的路上問。媽媽和阿嬤哈哈大笑，沒有回答她的問題。休息的時間已經遲了，沒時間多想複雜的事。到此一年終於算得上結束，新的一年又要開始了。

九、小道士

今夜特別不平靜。

金翼熊王揚起脖子，抬頭遠眺山腳下的營火。想牠曾是不可一世的巨鵬之王，結果看看牠如今淪落到什麼地步，被一群食而不噍的餓鬼給吵到睡不著覺。金翼熊王用力噴一口氣，把惱人的蚊蟲給吹掉。這處荒山環境真是差到極點，要不是看在小薜荔多對牠照護有加，牠早就砸了這個地方遠走高飛。

金翼熊王又噴了一口氣。牠想嚇唬誰呀？牠的翅膀牠自己最清楚，不管餘生還有多長，這輩子是休想再飛上青天，享受憑風翱翔的痛快。怪牠自己傻，居然信了一個小道士的鬼話，而說到鬼話，山下的鬼歌到底什麼時候才會唱完？

牠仰頭遙望繁星，還有三十三天上的仙宮。他們把月亮藏在裡面，所以三十三天上的仙宮才有如此美麗的光華，能在夜裡照耀三千世界。貪婪的天眾總是把最美的獨佔，吝於分享一絲一毫。

「看月亮嗎？」有個熟悉的聲音透過土牆的縫隙，傳到金翼耳裡。

「月宮天子是個傻瓜，才會讓天眾獨佔月光的美。」金翼重重哼了一聲，牠實在是太常這麼做了。

「他們都是傻瓜，而我們過去讓他們凌駕於我們之上。」

金翼對這番言論不予置評，老是提起過去的錯誤無濟於事。「既然來了怎麼不現身？」

「你知道法術是怎麼一回事，要是我看到你，其他人也能看得見你。」

「虧你還肯替我著想。」金翼說：「我還以為你打算放我自生自滅，獨力處理玄揠。」

「我得說聲抱歉。我的傷意外地重，沒辦法在你大戰玄揠時伸出援手。」

「你受傷？」金翼好奇地問：「上天下地，三千大千世界之中，還有誰能傷到你？」

「總是人外有人，天外有天。」

「除了遍入天之外，其他庸才連提都不要提。」

「老朋友，你的標準太高了。」

「我是隻食古不化的老鳥，還有力氣的年輕人總該努力一點，跟上我的腳步。我已經降低層次配合他們，再低下去連小餓鬼都要看不過去了。」金翼抖抖自己受傷的羽翼，土牆後傳來笑聲。

「還能開自己玩笑，看來我是不用擔心你了。」

「你要擔心我什麼？怎麼送我最後一程嗎？」

土牆後霎時收聲，山下薜荔多的歡呼聲還沒停，只能用鬼吼鬼叫來形容的歌聲模糊不清。

「別傷感了，這是早就註定好的事。」金翼說：「只可惜，最後沒能要了玄揠的小命。我果然還是老了，不中用了。我父親在世時吞了五百條龍王，我祖父吞了一千條龍王，我們這一族代代都留下純青琉璃心的好傳統，現在要斷在我這一代了。」

「是我失策才會連累你。」

「少來，沒有你，我還在鐵圍山上蹲著發呆呢！」金翼說：「更何況，這座小丘也沒我原先想的那般無趣。」

「遇上有趣的人？」

「有機會你該見見她。她是一個名字叫柳條，人也和柳條一樣瘦小的小東西。」

「老朋友，我愈來愈不懂你了。」

「同樣一句話，少來。」金翼說：「山下的營火快暗了，你傷還沒好，最好快點躲回去。」

「多謝關心。」

「不要太快放棄，事情還沒完。」

「你想說什麼？」

「答應我，你會宰了舟溺天那混帳，讓三十三天那班惡徒知道這世界不是永遠繞著他們轉。」

「當然。」

夜風撫過山林，許多細小的聲音悉悉簌簌。金翼知道牠那身材嬌小的朋友已經離開，四周靜了下來。和友人重逢的興奮退去之後，疲倦隨之襲來。年紀加上傷勢，又少了乳海甘露的滋養，牠的體力大不如前。雖然柳條幫牠帶來純淨的水能拖一點時間，但終究牠還是得面對那無可逆轉的結局。

牠這一生沒多少遺憾，只可惜最後不能再為牠的朋友多留一點東西。求道之路不易，小道士更是走得比任何人艱辛。

山下的歌聲漸漸停了，金翼看著火焰黯淡、消失，然後只剩零星的光點，慢慢往北方的山谷去。不知道小柳條是不是其中之一？金翼衷心希望不是，那孩子值得更好的，就算她只是個食而不嗾的餓鬼也一樣。

金翼閉上眼睛，趁著白日來臨前小睡片刻。

※

夜宴第二天早上，不少薜荔多帶著宿醉巡田，好補救昨天被意外破壞的田地。看見鄰居朋友的時候，個個裝傻裝瞎走過，大家都頭痛欲裂、腹痛如絞，沒有心情打招呼寒暄。

趁著媽媽和阿嬤窩在家睡回籠覺，柳條爬出地洞找草長最長的小路摸上薔山。好在玉米要收成了，田裡的雜事暫時告一段落，她才能擠出時間探望金翼。每天沼澤、薔山兩頭跑，柳條鍛鍊出結實的四肢，前幾天白楊嬤晚上摟著她念書的時候，驚呼她的腿怎麼變粗了。

「哪有變粗？」柳條不高興地說：「這叫結實。」

「誰叫妳跟阿嬤頂嘴？」紅荊拿柴火丟女兒，柳條接住後反手丟回火堆裡，逗得白楊嬤呵呵笑。紅荊氣得直嘟噥，一邊做飯一邊賭咒說自己老了，要被趕去礦坑做苦工了。

柳條識時務閉上嘴巴，她最近總是躲著和媽媽說話，畢竟要是不小心把金翼的事說溜嘴，可不只是一條柴火這麼簡單。出於直覺，她認為媽媽並不會讚賞她收留金翼，更糟的是如果媽媽要她把金翼送走該怎麼辦？老巨鵬可不像上次撿的小鹿崽，拍拍屁股就能趕回山裡。

多想無益，先把金翼的傷照顧好，往後的事往後再煩惱。薔山上平靜如昔，金翼頭埋在羽毛裡，抬頭看柳條時看得出來十分不爽。

「要食而不嗾的餓鬼體諒別人是我的奢望。」金翼兇惡地說。

「我昨天也睡得不好，你看，都有黑眼圈了。」柳條指著她的眼袋說：「有看見嗎？」

「妳們這些薜荔多都長同一個樣子。」金翼說：「誰看得出妳黑眼圈有多深？」

「我自己就看得出來。」柳條說。

「笑話，妳那小眼睛能看見什麼？」

「小眼睛和大眼睛看世界會不一樣嗎？」柳條問：「你那顆大眼睛看到的天空有比較大嗎？」

「我看遍了鐵圍山裡外三千世界，上至須彌無量，下至無間奈落。」

「那你看遍的三千世界裡，有我和我帶來的東西嗎？」柳條問。

金翼居高臨下看了她好一會兒。「妳帶了什麼東西？」

「我帶了這個。」柳條解下背上的布包攤開，讓金翼見識小福村絕無僅有的美食。渣仔粿閃閃發亮的表皮，看幾次都看不膩。

金翼眼珠轉了一圈。「我懂了，這就是你說的渣仔粿。」

「沒錯。怎樣？看起來是不是很棒？」

「妳帶來也沒用，我一年只吃一次東西，平時只喝淨水和甘露解渴。」金翼說：「看起來很可口沒錯，不過妳還是留著自己吃的好。」

「為什麼？」

「我怕妳口水再滴下去，連那棵魯花樹都要生吞了。」

柳條用手背抹嘴，好確保口水沒滴出嘴巴。「你是認真的嗎？要是我動手，你就沒機會囉！」

「妳儘管吃。」金翼說。柳條沒等牠說完，抓起渣仔粿就往嘴裡塞，塞得嘖嘖直響。眨眼間，一整包的渣仔粿就消失了。

「妳很餓嗎？」

柳條點點頭，算是回答金翼的問題，再把嘴裡最後一口美味吞進肚子裡。「你都不知道平常我是怎麼過的。」

「我還真的不知道。」金翼把頭放低，和柳條一樣枕著大地。柳條知道這是給她的信號，拿出水芋仔爬上金翼的翅膀開始幫他清理。

「我覺得二點水都快被我洗黑了。」柳條一邊清一邊說：「你的傷口怎麼還是不會好呢？」

「我是個沒用的老不死，這個答案妳覺得怎樣？」

「你真的很奇怪。」柳條說：「我告訴你，我們昨天呀……」

柳條鉅細靡遺地昨天晚上的夜宴描述給金翼聽，好讓牠在清傷口的時候有東西聽，能從痛楚分心。巨鵬的血濺在她手上、臉上，柳條只當那是汗水隨手抹掉。

「我告訴你，我一共吃了三籠的渣仔粿，還喝了媽媽之前不肯給我喝的飲料。」

「真是太有趣了。」金翼說：「妳今天來該不會只為了告訴我妳昨天吃了什麼東西吧？」

「當然不是，我來是要你把剩下的故事說完。」柳條丟開髒葉子滾下翅膀，看準距離落到金翼的鳥喙旁。即使金翼幾乎完全平躺在地上，柳條還是得仰頭才能看著牠的眼睛。「你說過故事要我說結束才算結束。」

「我是說過。」

「那你快把故事說下去，告訴我未濟後來怎麼了。」柳條說：「告訴我他沒有放棄，他會堅持成仙之路直到最後。」

「我不知道該怎麼反駁妳。」金翼說：「讓我想想要怎麼接下去……我想到了，未濟離開瑯邪。」

「他離開了？」

「沒錯，他後來終於離開了。在仰澤背叛、龍女刺殺，以及所有仙人冷眼旁觀的打擊後，他終於離開了。」

金翼呼出一口長長的氣，吹在柳條臉上。她閉上眼睛，想像就是這陣風把未濟帶離可怕的瑯邪。

「他來到我面前時，每一步都是倒數生命的步伐。他的心跳愈來愈慢，龍女留下的傷口漸漸冰封他的心，僅有的是一身破衣和一張地圖。那是他偷來的，是雄踞北方仙界的瑯邪山唯一提供給他的援助。他靠著這張地圖，走過寒冰地獄的邊境，來到鐵圍山下。

我看著他一步一步走來，心裡嘲笑他是個傻瓜。他快死了，卻不選個風和日麗的好地方去死，反倒來我這老傢伙眼前。」

「你有救他嗎？」

「當然！」金翼說：「我救他是為了聽聽他想講什麼。我說過我看遍三千大千世界，我看得出來將死之人依然餘恨難消，還有一口氣梗在他們喉嚨裡無法抒發。

所以我給了他一滴甘露。就一滴而已，提煉自乳海的甘露可以延續他的生命，讓他有足夠的時間說完他的故事，告訴我他是懷著怎樣的心情來到鐵圍山。他在我的山下說故事，我得說故事乏善可陳，但是他卻引起我的興趣。要有多大的怨氣，才能讓一個人在將死之際依然執著。像他這樣的人地獄是唯一的去處，他們的執念將化為烈火，反覆灼燒靈魂直到他們回頭悔過，或是魂飛魄散。」

柳條坐起身。「未濟會死嗎？」

「沒有，我說我救了他。」金翼說：「如果妳繼續聽下去的話，就會聽到我說甘露不只延長了他的壽命，還紓解了他對瑯邪諸仙的恨意。我告訴他我看見整個世界的不公和苦難有多少，和他們相較之下，小道士未濟的恨只是大海中的一顆水珠。他聽了我的話，和我成了朋友。」

「你們過得很開心？」柳條問。

「當然很開心。我們是好朋友，我還讓他搭在背上，一起繞行鐵圍山取得傳說中的神劍。我得告訴妳，就算有我保護，這趟旅程依然不輕鬆。但是這個小道士撐過來了，跟著我一起看遍以往只有我獨享的殊異景色。」

「你們都看見了什麼？」柳條又問。

「很多東西呀！比如鐵圍山的刀山劍海、寒獄邊境的並蒂紅蓮、乳海上的寶藍僧眾、崆峒九重的風吼天關。我們飛過四柱極光，在不周山下和水神遺民一起暢飲美酒。在香海海岸上，日月並亮的光芒為我們照亮前路，石吟海灘的礁石為我們淺唱。」

「你去過香海？那你也去過三十三天上的仙宮嗎？」

「當然。」金翼得意地說：「我說過了，三千大千世界之內，沒有我沒看過的東西。」

「除了渣仔粿。」柳條偷笑。

「除了渣仔粿之外——妳不要老是講吃的！」

「我喜歡可以吃的東西。」柳條抱起雙腳，想著那些夢中的美味，開心得在地上打滾。「你說那些美麗的好地方，如果也都有好吃的名產該有多好？」

「妳喜歡這樣的故事？」金翼問：「到有美麗風景的地方，找好吃的東西？」

「如果有好朋友一起那又更棒。」柳條急切地補充：「大家一起大吃大喝，然後爬山、游泳！」

「的確是很美好的故事。」

「所以你來我們小福村，也是因為發現有好看、好吃的東西嗎？」

「唉呀，給妳猜中了。沒錯，我發現這裡有很肥、很好吃的東西，未濟那個小道士則是想找很漂亮的好東西。所以我們才會結伴一起來到鬼蓬萊，準備大快朵頤、大飽眼福。」金翼呵呵笑說。

「你發現什麼好吃的？」柳條立刻問：「是什麼？快點告訴我！」

「這可是祕密，我怎麼能隨便把祕密說出口。」

「你這個小氣鬼。」

「用不著生氣，反正我也吃不到了。」

金翼抬起頭，柳條屁股坐穩，隨牠的視線望著歪斜的羽翼。

「你不能飛了嗎？」柳條問。

「不能。」

「可是等你的傷口好了——」

「那只是外表而已。我自己的身體我知道，裡面的骨頭已經不像過去一樣牢靠。我老了，這種事註定好了。」

「不會的，一定有什麼藥可以治你的翅膀。你不是說你知道很多事？知道就快點告訴我，我去幫你找來。」

柳條非常認真，金翼卻哈哈大笑。

「唉呀、唉呀，看看妳這食而不噍的小餓鬼，妳們這些小東西還真是令人驚訝，每次都能說出讓我哭笑不得的大話。」

「我是認真的！」

「我也是認真的。」金翼說：「但是認真不代表能有結果，妳想完成的事是奇蹟，即使是遍入天再世也辦不到的奇蹟。要知道他可是智慧法力無上，光明遍淨無量的護持聖者。連他都辦不到的事，我們這些沒用的畜生、餓鬼，要怎麼扭轉這世界的法則？」

「那你不就再也不能飛了嗎？」

「我現在住在一個有好吃好看的好地方，沒什麼好抱怨了。」

柳條不懂，金翼好像在微笑。明明牠的羽翼傷殘，再也飛不上天空，可是牠好像完全不在乎。不知怎麼了，柳條終於看清楚。這一次不再是模糊的懷疑，而是確確實實的證據。金翼是隻很老、很老的巨鵰，牠的眼神模糊、型態萎靡，失去光澤的羽毛就算花上一整天梳理，依然毛躁蓬亂。雖然滿嘴牢騷，但其實牠的心裡早就準備好要在薔山的土牆後度過此生最後的時光。

柳條往前爬，雙臂抱住金翼的爪子，閉上眼睛給牠一個結實的擁抱。她的直覺告訴她這麼做是對的，金翼沒有出言反對或是把她揮開，薔山山腰突然間變得好安靜。

「妳真的是一個怪東西。」金翼在柳條放開牠時說：「而且我說過不要抱我的爪子，特別是腳趾下面的肉，像我這種大鳥可是很敏感的。」

「我知道，你講個不停。」柳條摳摳眼袋，假裝自己沒有想要流眼淚。她得想辦法轉移話題。「你剛剛說我們這裡是什麼地方？」

「鬼蓬萊。」

「我們的村子是小福村才對。」

「我這麼說吧，這宇宙是片汪洋，汪洋中有個小島是世界。在世界中有座小山名曰鬼蓬萊，鬼蓬萊上有個村子叫作小福村。」

「我從來沒聽過鬼蓬萊這個名字。」柳條說：「為什麼要叫我們住的地方是鬼蓬萊？」

「當然是因為你們。在傳說中，香海上有五鬼山，岱輿、員嶠、方壺、瀛洲、蓬萊。你們住的地方，就是五鬼山中最小的蓬萊。」

「為什麼說我們住的地方是鬼山？」柳條對金翼皺眉頭。「我們又不是鬼。」

「你們的確是鬼，食而不噍的餓鬼。」

「才不是，我們是薛荔多，是生的小孩和薛荔果一樣多又好的薛荔多。」柳條拍拍肚皮，驕傲地說：「媽媽說有一天我的肚臍也會鑽出很多小薛荔多。」

「鑽出小薛荔多？」金翼斜眼望著她，似笑非笑的討厭語氣又出現了。「妳剛剛說妳的肚臍裡會鑽出小薛荔多？」

「媽媽和阿嬤都是這樣說呀！」

金翼哈哈大笑，又羞又氣的柳條揮拳作勢要揍牠的爪子，但只是惹巨鵬笑得更大聲而已。牠實在笑得太大聲了，連天地都為之震撼動搖。

十、地洞裡的聲音

轟隆巨響忽爾瞬至，劇烈的震動晃得柳條站身不住，鬆手一屁股摔倒在地。突如其來的變故嚇得她顧不得顏面，連滾帶爬躲到金翼爪下，抱著牠連大氣都不敢喘一下。劇烈的地牛翻身比前幾天都還要劇烈，柳條隱隱約約聽見哀號聲從大地深處傳來，好像有什麼東西正在承受酷刑，不得解脫。

「那是什麼？」震動停止時柳條還在發抖，大地哀鳴的錯覺還不肯消失。「為什麼都會這樣？真的有人在凌虐地牛嗎？」

「我認為地牛非常平安。」金翼說。

「可是這樣好可怕！為什麼地牛要翻身？到底發生了什麼事？」柳條喊道。

「我有個不祥的預感。」

「什麼？」

「用說的太慢了，妳自己上來。」

金翼低下頭，柳條一時間不知道該拿巨鵬的鳥喙怎麼辦。

「爬上來呀！」

會意過來的柳條趕緊抓住金翼的喙，四肢並用爬到牠頭頂上。
「抓穩了。」
柳條雙手挑了兩支冠羽抓緊，巨鵬抬起脖子，呼的一聲把她送到半空中。
「看到了嗎？」金翼問。
他們面向北方，那裡蓄積了大片烏雲。烏雲中有點點閃光，遠遠看去好像白日中突然出現一片繁星點點的黑夜，圍繞著北方的山谷躁動。沒錯，躁動，那片夜在動，像是翻開石頭突然看見蟲蟻逃竄般噁心。
「我想下去了。」柳條小聲說：「好可怕……」
金翼沒多說什麼，垂下脖子讓她跳回地面上。
「那個雲是什麼東西？」柳條站穩後問：「那個看起來很恐怖的雲？」
「那是玄揠的雷雲，牠是條龍，龍都喜歡水氣。牠應該是非常痛苦，痛到失去理智才會把雷雲都喚來，想製造雨水舒緩痛苦。」
「那些圍著雲飛的點點又是什麼？」
「如果我沒猜錯，是舟溺天派來看護牠的香陰。」
「舟——」柳挑趕緊摀住自己的嘴巴。每次提起天主的名字，媽媽都會這麼做。
「看來四腳蟲過得也沒有我好。」金翼呵呵冷笑。「以為能討到便宜？四腳蟲等著看好了，我可是金翼熊王呢！」

「你……」柳條抬頭看著金翼，腦子飛快地運轉。
「我怎樣？」金翼反問。
「就是你弄傷龍王的嗎？」
「不然還有誰有辦法對付牠？」金翼說：「我不是跟你說了嗎？我來鬼蓬萊是為了吃好吃的東西。算算這世界上，已經沒有比玄揠還要肥美的四腳蟲了。」
柳條完全沒想到金翼口中的美食，居然會是尊貴的龍王。這可怕的念頭衝撞她的小腦袋，震得她頭昏眼花，不知所措。
「你、你居然……」柳條往後退，村長口中恐怖的鬼怪就是金翼。看看牠銳利的鳥喙和爪子，還有扭曲的翅膀，柳條終於想通了。「你身上的傷口是龍王弄出來的？」
「沒錯。不過我也給牠一頓好看，讓牠知道厲害。」
「可是那是龍王呀！是受天主攝用，保護我們的崇高龍王呀！」柳條喊道。
「四聖諸賢在上，妳在為玄揠難過？」金翼俯視著她說：「妳不是認真的吧？」
「我為什麼不能為龍王難過？你受傷我也很難過，為什麼龍王受傷我不能為他難過？」
「那不一樣。」
「怎麼會不一樣？」
金翼歪著頭，活像要把什麼卡在腦子裡的東西倒出來給柳條看一樣，表情怪異扭曲。「這要我怎麼解釋才好？妳這輩子太短了，我的故事又長到橫跨五百年的光陰。」

「每次媽媽懶得說話的時候，她說的話和你一模一樣。」柳條說：「你們這些討厭的老東西，都只挑你們喜歡講的事，從來不肯把話說清楚。」

「哈！我等著哪天換妳說故事的時候，看看誰會把這句話奉送給妳。」金翼說：「雖然說我也很想把來龍去脈說清楚，但是我想妳沒時間也沒心情聽了。」

「這次又怎麼了？」

柳條的問題由沉重的鼓回答，單調急促的鼓聲在林野間泛起回音，交並來回敲著她的耳畔和心臟。

「是監齋的鼓聲。」柳條感覺胸口一緊。「發生什麼事了嗎？」

「我只有一個預感。」金翼說：「但也只是預感而已。」

「我要趕快回去才行。聽到鼓聲就要集合，媽媽和阿嬤會找我的！」柳條說。

「那妳最好快點，不要讓妳的家人久等。」

不知道為什麼，金翼這句話讓柳條不安。但是相對的，另一股更大、更深沉的不安驅使著她快快動身回家，應監齋的鼓聲集合到家人身邊。因此，她只能先放下金翼，鑽過土牆的縫隙滾下薔山。監齋的鼓聲一刻也沒停，一時間好像整個天地都失去秩序，太陽星辰走偏了軌道。

「柳條！」

「銀枝？」

「發生什麼事了？」

跑過滿地東倒西歪的葵花田時，驚惶的柳條險些錯過呼叫的銀枝。她虛弱的朋友拖著大肚子像隻烏龜一樣爬得老慢，氣喘吁吁要柳條等她。

「我得快點回去。」柳條揮手要她停下。「妳快找個地方躲起來，我會回頭找妳。」

「我要跟妳去村子裡。」銀枝喊道：「我想知道發生什麼事。他說——我說，我知道有事情發生了，不然監齋不會突然打鼓集合大家。」

「妳不應該去。」看她半爬半走的可憐樣，柳條再急也沒有辦法把她丟在原地跑回村子裡。監齋的鼓聲愈來愈大聲，暗示愈來愈逼近集合的時限。

「我一定要去。有好多香陰在天上飛，好多事情發生，我不想……」

柳條沒聽到她不想什麼，銀枝左手抱著肚子，右手撐著身體趴在地上。靠著敏銳的嗅覺，柳條聞到一個危險的味道，宛若鐵鏽一般的惡臭，濃稠刺鼻說不出的詭異。還有個恐怖的顏色正在浸染銀枝的腰兜。

「你流血了？」柳條趕緊湊上前問：「發生什麼事了？」

「沒、沒事……」

「妳有哪裡受傷？妳生病了嗎？」柳條抓緊銀枝，撐住她的身體。「我馬上去叫——」

「不、不、不要……」銀枝搖頭阻止柳條。「我要去老茄冬那裡。」

「可是妳在流血。」柳條說：「妳要是跑去老茄冬那裡會死的！」

「我沒事。」

「我去找千金，她知道很多藥草，會知道怎麼幫妳。」

「不行！不能找千金！」銀枝緊張地說：「我、我聽妳的話回家，可是妳不要去叫千金。我休息一下就好，我沒有受傷。」

柳條真不知道她是怎麼了，一下子要去老茄冬集合，一下子又要回家。無論如何，至少她肯乖乖回家休息。看來柳條沒有選擇，只能冒著被逮到違背集合令的危險，先把銀枝送回地洞。她把銀枝的手臂圈過自己脖子，用力扛起大腹便便的朋友一步一步往前走。監齋的鼓聲在他們走到半路時停下，柳條的心還是不停砰砰響，生怕針口會在半路上跳出來逮他們。

好在大家都去集合了，不論是針口還是村民，狼狽的銀枝和柳條一路上都沒遇到。

「等、等一下……」到了洞門前，銀枝又不知道發什麼瘋突然停下腳步。

「怎麼了？」柳條問。

「不能進去。」

「不能進去？可是我們好不容易走回來了不是嗎？」

「妳不能進去……」銀枝欲言又止，豆大的汗滴從脖子、額頭沁出。柳條直覺不對。

「妳藏了什麼？」

「沒有什麼。」銀枝搖頭否認。「只是妳不能進去——啊！」

「銀枝？」

銀枝彎腰倒下，嚇得柳條趕緊出力撐住。濃濃的血腥味嗆進她鼻子裡，銀枝發出可怕的咽嗚聲，像碰到鹽的蛞蝓一樣抽搐顫抖，拖著柳條向下倒。

「銀枝？」

「好痛……」

不能再遲疑下去，就算銀枝反對，柳條也得去求救才行。不管銀枝藏了什麼祕密，更重要的是她的性命。柳條要救她，不論任何代價。

「不要動。」

有東西抓住她的腳！

有個陌生的聲音，還有一雙無形的手抓住她，讓柳條不得動彈。柳條縮著身體等待，銀枝大口喘氣，身體熱得像是燒開的滾水壺。但奇怪的是她喘氣聲雖然變大，卻也變得更穩。柳條弄清楚了，她不是被人抓住，而是有股熱氣從泥土裡浮出來把她的腳給黏住。雖然模模糊糊的，不過柳條有預感，熱氣來從自銀枝的地洞。

有什麼東西躲在銀枝的地洞裡，藏著麻煩的人不只她一個。

「別煩惱我的身分，妳該擔心的是妳的朋友。我度了些許真氣給她，但真氣只能緩和症狀，她要恢復還得靠妳才行。」洞裡的聲音說。

「你到底是誰？」柳條問。

「妳知道我是朋友就好。」

「如果是朋友，為什麼你不走出地洞讓我看看？」

「因為如果讓妳看到，掩型術就失效了。」

「掩型術？」

「我用來隱蔽行蹤的法術。」

有個衝動令柳條想衝進地洞裡，揪出這個神祕人。他說話的口氣不知道為什麼，讓柳條想起金翼。

「你認識金翼嗎？」柳條問：「你不是薛荔多對不對？」

「當然不是。」洞裡的聲音發出淺笑。「不過妳也不用懷疑，我同樣不是巨鵬，我只是一個凡人而已。」

「凡人？」凡人有辦法隔空讓銀枝的呼吸緩和？柳條才不信這種鬼話。

「銀枝的水桶就在洞口，你可以過來拿去提一桶乾淨的水。」洞裡的聲音說。

「提水做什麼？」柳條問。

「先幫她把身體弄乾淨。不過注意，別到和二點水相通的溪流去提，到村子南邊的井去，那裡的水還沒被妳弄髒。」

「我？弄髒？」柳條皺起眉頭。「我什麼時候把二點水弄髒了？」

「妳沒有發現？」洞裡的聲音說：「當然，對沒病的人來說，二點水依然純淨。只是銀枝太過虛弱，光是沾上巨鵬的血都有可能會要她的小命。」

「巨鵬的血？」柳條想起最近每天在二點水洗澡的事。「是我把銀枝害成這樣的嗎？因為金翼的血有毒？」

「銀枝的事不怪妳。」

「那要怪誰？」

「要不要讓妳知情的權力在她，如果妳想當面問清楚，不如先把她救醒。」

柳條爬到洞口，小心翼翼把手搭在木桶柄上，將倒在洞口的木桶給拉出來。過程中她雙眼盯著黑暗的地洞，不管那個掩型術到底是什麼，都把洞穴裡的神祕人遮得密不透風。柳條很怕洞裡的聲音叫她去提水，只是為了把她給引開。可是她沒有幫手，不管是提水還是救銀枝，都只有她一個人。

「我馬上回來。」

柳條扛起水桶跑起來，往村子南邊的水井直奔。她希望剛才那句話她說得夠凶狠，能嚇住洞裡的聲音任何不軌的意圖。當然她希望自己跑得夠快，能在神祕人傷害銀枝之前趕回來阻止。可憐的銀枝到底發生什麼事？

四聖顯靈，柳條路上沒遇見好奇的村民，監齋的鼓聲確實有效。反倒是提著水拖慢她回程的腳步，等柳條回到銀枝的地洞前，她的呼吸聲幾乎要停了。

柳條放下水桶，撲到她身邊。

「她沒事，只是一時鬆懈昏過去。」洞裡的聲音說：「妳先幫她清理一下吧！」

他說得沒錯，銀枝還有呼吸，但是臉色依然蒼白。柳條一時間找不到抹布，只好解下自己的胸兜沾水。

然後是銀枝的腰兜。

柳條吞了吞口水，換個方向用身體擋在地洞和銀枝之間。她解開銀枝的腰兜，把沾了血的衣物丟到一旁的草叢裡。她用力深吸一口氣，小心把濃稠的髒汙抹下來，一步一步清理銀掉枝身上的血漬。這比照顧拉肚子的野狗難多了，更別說銀枝時不時還會踢一下腿，手遮著臉發出咽嗚聲。

「銀枝？」

「不要看我……不要管我……」

柳條當作她在說夢話，抬高起銀枝的腿，繼續把清潔工作做完。她感覺得出來洞裡的聲音也在屏息等待，警戒的視線片刻不曾稍移。泥地不知道為什麼變得溫暖，絲絲熱氣從皮膚滲入，多少紓解了柳條緊張的心情。

清理完畢後，柳條找了個草叢，把沾血的布藏起來。洞裡的聲音丟了一團布球出來，柳條解開纏在一起的布條，把自己和銀枝給穿戴整齊。溫暖的氣息退回地洞裡，四周又恢復清冷。

「幫她找些葛根和忍冬煎水服用，也許緩不濟急，但至少不是全無準備。」洞裡的聲音說。

「你到底是誰？為什麼會認識金翼？又為什麼出現在這裡？」柳條問。

「前兩個問題我猜妳已經知道答案了。」

「我要聽你親口說出來。」

「山人為濟。」為濟說：「為何的為，救濟的濟。」

「為濟？」柳條疑問道：「不是未來的未？奇怪，你怎麼會知道我記錯名字？」

「老毒梟故意把我的名字說得含混不清也不是第一次了。」洞裡的為濟聲音有些惱怒。

「為什麼牠要故意叫錯你的名字？」柳條又問，洞裡的為濟沒有回答。

「你回答不出來嗎？」柳條繼續追問：「所以也不能告訴我為什麼要來這裡？」

「妳有很多問題。」為濟說：「可是有些答案妳一旦知道，就再也忘不掉了。」

「知道答案有什麼不對？像我也知道你的故事，我也沒有變得哪裡不一樣。金翼也知道你的故事，牠也沒有因此長出馬蹄。」柳條說。

「我大概知道為什麼妳和金翼講得合。你們同樣愛挑語病，撿人話尾，難怪牠欣賞妳。」

「我和金翼講不講得合和你沒有關係。」柳條說：「問題是你到底要不要講清楚。」

「我受了重傷，是好心的銀枝收留我。為了報答她的恩情，我躲在這個地洞裡養傷，指點她如何照顧自己。」

「銀枝為什麼要照顧自己？」

「因為她不再是一個人了。」

「你這是什麼意思？銀枝本來就不是一個人呀！」

「我想，妳的答案來了。」

為濟的聲音突然消失，柳條正想開口叫住他，濃郁的香味突然瀰漫四周，薰得她頭重腳輕。她伸出手，身體卻向下倒，脫力趴在地上。怪異的香味有毒？柳條模模糊糊的腦袋一時間只能想出這個解釋，然後一塊紫紅色的紗裙就降落在她眼前。她往上抬頭，香陰憤怒、扭曲、困惑的臉背對陽光，成了一塊深色的恐怖圖樣。

「妳這小鬼——為什麼她會在這裡？妳做了什麼？」

柳條花了好一番力氣，才知道他指的是地上的銀枝。銀枝不知道什麼時候跪在地上往前爬，想碰香陰的裙角。

「大人，求求你，可憐可憐……」銀枝張著嘴巴仰頭乞求，柳條的心裡突然一陣劇痛，腦子立刻清醒過來。

「放開！」香陰扯回裙角，身體向上浮到銀枝碰不到的地方。他又氣又怕，要是柳條和銀枝還敢把髒手搭上他，恐怕就不是一句放開能解決的事。柳條抱起銀枝的肩膀向後退，聲淚俱下的銀枝掩著臉啜泣，渾身冷得像冰一樣。

「飛情你找到兇手了嗎？」監齋也趕來了，除了香陰之外，他的一雙長腿比任何人跑得都快。「這裡是怎麼一回事？」

「沒事。」

監齋向下瞥了銀枝和柳條，頓時瞪大眼睛。「聖主在上！那個餓鬼——」

「住口！」香陰低聲喝斥道：「再多說一句，你就準備像蕢情一樣滾到落伽谷去！」

監齋的眼睛瞪得更大，但是他沒再說半句話。

「那個紅毛的就是你要找的小餓鬼，抓她去交差，不許說其他廢話。」香陰惡狠狠地說。監齋彎下腰揪起柳條的肩膀，用力甩了兩下抖掉銀枝的糾纏，再把她丟到路邊去。柳條連滾三圈，好不容易才穩住身體，縮成一團發抖。無數的針口突然出現將她圍住，壓住她的四肢讓她不得動彈。

「小小焰口心懷不軌，毒害玄揠龍王未遂，合該就地正法。」監齋大聲宣布，隨後趕到小福村鄉親一片嘩然，腳步向後猛退。

混亂中柳條瞥見一個熟悉的影子衝出人群——

啪！

十一、香陰

紅荊抓住柳條的脖子，一巴掌接著一巴掌用力猛打，打得柳條天旋地轉，分不清南北東西。打到手瘦沒力之後她丟下柳條，趴在監齋和香陰面前猛嗑頭。白楊嬤的哭聲蓋住巴掌聲和議論聲，千金和胭脂菜一左一右抓著她，不讓身體虛弱的老阿嬤撲向女兒和孫女。

媽媽好像忘記怎麼說話，柳條模模糊糊地想，她只會猛磕頭卻連一個字也不敢說。

「唉唷、唉唷，紅荊妳別這樣！」急得滿頭大汗的虎仔花跑到她身旁抓住她，向兩位大人跪倒。「兩位大人開開恩，這一定有什麼誤會。柳條這孩子一向很乖，怎麼可能會做出這種、這種——這種大壞事來？不會啦！而且她只是個小鬼，怎麼知道什麼有毒什麼沒毒？」

「我的薰香飄到她身邊，證實她身上有巨鵬的毒血。」飛情香陰說：「此乃罪證確鑿。」

「毒雪？怎麼會？」虎仔花立刻彎腰把柳條給拉起來。「這個時節連普通的雪都沒有，怎麼會有毒雪？柳條妳快點跟兩位大人說，妳沒有把什麼毒雪帶到落伽谷去毒龍王對不對？」

柳條懷疑虎仔花不知道自己把毒血講成毒雪。

「柳條妳快點講話呀！」

「沒、沒有。」柳條說：「我沒有去過落伽谷。」

「對啦、對啦，她沒有去過！」虎仔花這次說話的時候，些許村民們也壯起膽子附和。「我們這一村的孩子都教得很好，不要說落伽谷了，溪邊沒有問過也都不敢去提水。所以一定是誤會，是誤會啦！」

「這麼說來，村長妳是懷疑我的法術失靈？」飛情香陰冷冷地說。

「不是、不是，只是——不然你問綠眼大人好了，他知道我們這一村都很乖，絕對不會有什麼不軌之心。」虎仔花轉向旁邊的監齋說：「綠眼大人，你是我們村的監齋，你說說看我們繳的玉米哪一次少過？有哪一年是遲到，耽誤你的時間？都沒有嘛！我們是好村民，都有乖乖聽天主的話，拜託你行行好，放過柳條——」

她話還沒說完，紅荊又趴下去開始磕頭。

「唉唷、唉唷，你看看這可憐的老媽媽，她就這麼一個女兒，沒了就真的什麼都沒了。」虎仔花連忙趁勢幫腔說：「她女兒絕對不會這麼傻，拜託大人再查查看，說不定一切只是一個誤會。你們讓她解釋一下，說不定誤會就可以解開了。」

綠眼監齋表情沒變，圓滾滾的眼睛從村長身上轉向柳條，迅速瞥向香陰，又轉回村長身上。他沒有表態，但是飛齊香陰的臉色愈發難看。

「既然村長堅持，便讓她分說明白。」飛情說：「若不足服人，針口立刻將其扼死正法。」

「不會不明白啦！」虎仔花趕緊跳到柳條身邊，撥開針口的手把她給拉到香陰和監齋面前。

「來，柳條，妳乖乖。這邊有兩個大人，妳自己把事情說一下，妳身上怎麼會沾到毒雪。」

「我、我不知道……」

「妳不知道？」虎仔花驚呼：「妳再想一下，妳怎麼會不知道？」

「我……」柳條被打昏的腦袋急著想擠出一個能說服人的謊話，可是她愈急反倒愈說不出口。她不能出賣金翼，洞裡的為濟也不知道會不會出手幫忙，她不知道該說什麼才好，虛弱的銀枝還躺在地上，阿嬤的哭聲一刻也沒有停。

「柳條妳講話，兩位大人還在等妳！」虎仔花的語氣變得嚴厲，她身後兩位大人如鬼怪般猙獰，針口圍繞著他們……

「我記得有地牛翻身。」終於，柳條想到能說什麼。「然後天上有東西掉下來。好恐怖，我被打到，全身弄得好髒。」

「妳被打到？」虎仔花問：「被什麼打到？然後呢？」

「我也不知道是什麼東西打到我，只知道稠稠黏黏的很臭。我怕被媽媽和阿嬤罵，就快點去溪裡洗澡。」柳條回答。沒錯，事情就是這樣，她沒有上薔山一探究竟，也不認識金翼。

「溪？」這次開口的是綠眼。「哪一條溪？」

「柳條快點，大人問妳是哪一條溪？」虎仔花立刻複誦他的話。

「三點水外面哪一條。」柳條說。

「三點水外面那一條？」綠眼又問：「那是什麼溪？」

「三點水那條小溪會流到大溪裡，然後流到北邊的山谷！」虎仔花興奮地喊道：「是啦、是啦，事情就是這樣啦！」

「真是如此？」飛情問：「有誰能佐證說詞？」

「捉正？誰能捉正？」虎仔花和柳條面面相覷，不知道該怎麼回答。

「誰能作證？」飛情不耐煩地說：「誰有親眼目睹，願幫這餓鬼做保證，發誓此事為真？」

「喔喔！柳條乖，香陰大人問妳，誰有看到妳說的事情發生？」

柳條想了一下，手指指向地上的銀枝。飛情的臉頓時變成一塊石頭，動也不動。

虎仔花也愣了一下。「銀枝有看到嗎？」

「有。」柳條說。

「這樣喔⋯⋯」虎仔花似乎有點為難。這也難怪了，地上的銀枝連保持清醒都有困難，期待她說出一句夠說服力的話幫柳條度過這關，實在是太過苛求了一點。

「村長，這白毛的餓鬼怎麼了？」綠眼問。

「她——有病。」虎仔花回答：「是啦，她從小就有病，還剋死了媽媽。現在她這個樣子，要她說話好像也很困難。」

「那就是死無對證了。」綠眼說。

「不是，沒有死啦！只是大人給我們一點時間等她清醒，只要她清醒就能解釋清楚了。」虎仔花喊道。

「綠眼，毋須再廢言下去，速速結案才是。毒梟邪道潛伏暗處，當盡速斬除後患，全力追緝外敵。」飛情說。他並不是提供意見，或是詢問綠眼的建議。顯然他也不打算聽虎仔花和村民們哭喊，或是等待銀枝提供證詞。飛情舉起手，像另外一個香陰要賞賜杏頁給村長一樣，只不過目標放在柳條身上。

豔陽當空，他掌心裡的東西映出一道銀光。柳條眼睜睜看著，不知道是誰把她抱在懷中，緊得像要掐死她一樣。

「慢。」

不知道哪來的香花樂聲，半空中滾滾祥雲聚集，天人光彩顯像。一個頎長健碩的身影，側臥在一條青色的蟒蛇身上，左右香陰、天女圍繞憑空駕臨。他金色的臉龐直欲與驕陽爭艷，不凡的氣質讓小福村的村民們大驚失色，紛紛跪地膜拜高呼聖名。

「帝羅多天主。」飛情和綠眼雙手合十，鞠躬頂禮。

「免禮。」帝羅多說：「飛情，發生何事，怎麼如此嘈雜騷動？」

「勞動天主關切，實是屬下無能。」飛情說：「不過萬幸，毒害玄擫龍王之惡徒已然就縛，正等天主下旨定罪。」

「惡徒找到了？」帝羅多正色問道：「是誰？邪道還是毒梟？」

「稟告天主，是此地餓鬼。」

「什麼？」帝羅多轉頭，順著飛情的手勢望向柳條。他看起來好失望，俊美無匹的憂愁能讓人為他的失落流淚。「只是一個食而不噍的小餓鬼？這般餓鬼如何毒害玄擫龍王？」

「天主容稟。」

飛情很快地將柳條的故事去頭去尾說了一次，帝羅多靜靜地聽，頭上的金鱗戰冠紋風不動，薛荔多們連大氣也不敢喘上一口。

「如此說來，玄掘龍王傷重難癒，關鍵便是這小鬼作祟？」

「天主明察。」

帝羅多視線移向綠眼，綠眼點頭附和飛情的說法。俊美的天主嘆了一口長長的氣，用手遮住雙眼。

「當日率諸將追捕邪道為濟，奈何功敗垂成。原想舟天聖主遣龍王共同追擊能收得奇功，怎知又生諸般波折。如今毒梟邪道四處興風作浪尚未伏法，龍王又傷重難癒，直令我心痛。」

「天主珍重。」飛情和香陰們齊聲說道。

帝羅多垂下手，眉頭輕蹙。「經我深思，如今此事雖有物證，但人證不齊，不應疏忽輕判。然懸而不決反倒壞事，疑犯既出自此地，那便由此地擔下救治龍王之責。」

「天主聖明。」香陰齊聲讚頌。帝羅多舉起左手，左後方圍繞的雲氣和香陰們像簾幕一樣退開，讓威武的力士們走向前。

「將首阿耆含聽令，率蒼天部力士鎮守落伽谷，護守玄掘龍王萬勿有失，並廣植黑玉靈芝，助其療傷解毒。」

「阿耆含領令。」威武的天眾石磨般大小的拳頭撞在一起，單膝跪下領令。這真是神奇的一幕，天眾的力士就算下跪也是跪在雲氣上，雙足不沾半點塵土。帝羅多又招了一下手，隨侍的香陰將一個裝飾華麗的寶盒呈到阿耆含面前。

「靈芝妙寶，授予將首。莫忘舟天聖主正在三十三天上，日夜思念龍王。」帝羅多說：「我另外留下飛情給你，有任何變動，令他隨時回報。」

「謝天主恩典。」阿耆含接下寶盒說。帝羅多拍拍坐騎，青色蟒蛇嘶叫一聲，一眾香陰向上飄起，緩緩向三十三天的方向而去。他留下阿耆含，還有七個幾乎一樣魁梧的力士，一身筋肉渾圓金黃，手持各種武器威風凜凜。要不是有個臉色慘白的飛情香音漂浮在一旁，這一幕應該能更加震懾人心才對。

阿耆含起身立定，令人膽寒的視線轉向綠眼和飛情。

「監齋何在？」他問。

「小人在此。」綠眼立刻走上前單膝跪下。

「將靈芝苗種轉交村長，明日傍晚雨後灑種供養。七天後，採收送至落伽谷驗收。」

「領令。」綠眼從阿耆含手裡接過寶盒，畢恭畢敬捧在手心裡。吩咐已畢，阿耆含帶著部屬和飛情腳踏祥雲離去，綠眼還站在原地，捧著盒子望著他們的背影發楞。

「大人？」最後是虎仔花鼓起勇氣，走上前呼喚。「大人，不知道天主要我們做什麼事呀？」

綠眼低頭看著村長說：「妳把這個盒子拿去，明天傍晚會下雨，下過雨後要妳的村民撒在玉米穗上。」

「撒在玉米穗上？」

「撒在全村的玉米穗上，三天後自有小成。」

虎仔花接下盒子的手微微顫抖，綠眼沒有多說什麼，光是他意外的沉默就足以勾起小福村村民無端叢生的憂慮。剛才帝羅多天主說什麼？要小福村的村民扛下救治龍王的責任，這個責任就種種靈芝這麼簡單嗎？

「三天後，我會前來驗收。」

監齋留下這句話，和他的主人一樣憑空而去。只不過比起輕飄飄的帝羅多和蒼天部力士，他的腳步和泥土太接近又太沉重，險些要踩上大地了。小福村的村民呆立在原地目送他，好半天沒人說句話。

人都走光後，還在發抖的紅荊總算放開了女兒。

※

紅荊勒令柳條必須待在地洞裡。

白楊嬤拿出珍藏的藥膏，要柳條坐好別動，細心塗抹她被打裂的嘴唇。

「打一個樣子就好了，出這麼大的力做什麼？」白楊嬤一邊塗一邊嘟噥。「這麼漂亮的女孩子，打壞了誰要賠呀？」

柳條一點都不覺得自己漂亮，她是個渾身沾滿血的髒小鬼，差點害死玄揠龍王的髒小鬼。

「妳就是調皮搗蛋才會被打。」白楊嬤說：「如果乖一點，都在田裡工作就不會惹上事情。」

「我肚子餓了嘛。」柳條不知道該說什麼，只好隨口應了一句。

「肚子餓也不能到處亂跑。妳媽媽不是都會幫妳準備吃的，渣餅做的便當一份就可以吃很飽。」

「我不喜歡吃渣餅。」

「不吃渣餅還能吃什麼？人肉嗎？」

白楊嬤話說得難聽，手上的力道還是一樣輕柔。柳條不知道是不是自己看錯，她的眼中好像有淚水。只是阿嬤眼皮、眼袋層層疊疊實在太厚了，厚到看不清楚她的眼睛。如果能夠撥開那些皺紋和老皮，有沒有辦法看見一個雙眼會說話的阿嬤？

「妳媽媽今天打妳是為妳好。」白楊嬤說：「妳想想看，如果她不打妳，要是那個香陰大人出手怎麼辦？」

柳條也不知道，她被打得嘴巴舌頭破，又有針口拿套索想勒死她，今天午後實在沒辦法思考太多事。

「我小時候做錯事也會這樣被打，村長和監齋在看的話還會打更兇。」白楊嬤不勝懷念地說：「後來生了妳媽媽，才知道妳阿祖是為了我們好。可惜。」

白楊嬤收起手上的藥膏，仔細收進林投皮編成的籃子裡。好的林投籃可以用好久好久，從柳條有記憶開始，這個籃子就一直是阿嬤收藏各種小東西的容器。她不只一次想過，等到她自己變老駝背之後，這個籃子應該也會交到她手上。

「我還記得以前妳每天起床，都只會喊要找七層和三白玩。」

「阿嬤，那個都多久之前的事情了。」

「對啦，很久之前，久到我這個老番顛都記不清楚。」白楊嬤伸手抱一下柳條的頭。「妳以前只有這顆頭這麼大，現在大到我都抱不動了。」

「阿嬤！」

「好啦、好啦，不講。」白楊嬤放開柳條。「要念書嗎？我們昨天念到哪裡？」

「不要。」柳條搖搖頭。「我今天好累。」

「好累就早點睡。妳媽媽被村長找去開會，也不知道什麼時候會回來，不用等她了。」

柳條點點頭，窩到她的角落去，讓阿嬤幫她拉出舊搖籃底下的玉米被。

「妳的被子都鬆掉了，等今年收完玉米，要再拿新的葉子編一條才行。」白楊嬤一邊說一邊把孫女裹緊。即使小福村的秋夜並不冷，她依然數十年如一日照顧女兒和孫女。柳條很早之前就學會別和她爭辯，等阿嬤睡了再偷偷踢開被子。

不過她的被子是真的鬆了，得重編一條新的才行。柳條想起春天的時候和媽媽說過，今年要學做自己的被子。那時候媽媽和阿嬤聽了一直猛笑，真不知道他們笑些什麼。
白楊嬤把柳條安頓好後，從火堆裡抽出幾根柴火壓低火勢，整理好四周才窩到自己的角落。柳條摒氣凝神，聽她的呼吸聲慢慢變得平緩，愈來愈輕。
柳條拉開身上的被子，摸黑溜出岩洞。
她很清楚自己做了天大的事，這件事嚴重到村長顧不得宵禁，不惜違逆針口也要召開夜間會議。但會是什麼事情嚴重到這個程度？就柳條的記憶，也只有一次颱風來襲時溪水暴漲，虎仔花才敢帶著全村違反宵禁。
今天的事比洪水還可怕嗎？
還有銀枝。沒有人在意可憐的銀枝，柳條得去看她。
針口手上的火把在黑夜中時不時閃現，每每嚇得她趕緊縮成一團，躲在玉米葉下祈禱。她趴在地上小心前進，總覺得自己呼吸聲大得像號角。黑暗中她看不清楚，只能依記憶判別四周環境，想辦法摸出針口的巡邏網。
今晚有好多針口，到底發生什麼事？才剛躲開一隊，另一組針口又從田埂的另一邊迎面而來。柳條別無選擇，只能想辦法穿過玉米田。但是玉米田裡招搖的莖葉一下子就讓她迷失了方向，分不清楚東西南北。她還記得千金田地的界石，然後再過去是素馨和素英姊妹，然後是胭脂菜……
火光突然就在前面，針口的大腳險些踩在柳條手上。

「五行敕令，風憑幽微。」

不知道是哪裡來的一陣怪風，吹熄了火把。突然失去光明的針口們尖聲怪叫，急得到處亂踩。柳條把被踩痛的手塞在嘴巴裡，以免發出聲音。帶頭的針口放聲尖叫，鬧了好一陣子才整好隊，一個挨著一個折返。

等到四周恢復安靜，柳條把手抽出嘴巴擦掉眼淚。兵荒馬亂過去之後，有個熟悉的氣息還留在原地。

「夜裡出來閒晃，要是被針口逮到妳的麻煩就大了。」

「為濟？」柳條輕聲問：「是你嗎？」

「是我沒錯。」為濟回答。

「你在哪裡？」

「還是那句老話，我不能被妳看見，否則法術就失效了。」

「我不懂，這裡什麼人都沒有，有誰會看見你？」

「要對付我們這種修練過仙術的人，三十三天自有一套辦法。」為濟說：「掩型術的關鍵是束縛，我將我的束縛定在銀枝身上，除了她之外的人就不許再看見我的身型。」

「好奇怪的法術。」

「要對付天眼，這一招最有用。」

「先不說這個。銀枝現在怎麼樣了？」柳條問：「她身體還好嗎？」

「我把她移回洞裡，用草藥和真氣穩住胎動。只要保持平靜，應該能撐過去。」為濟回答。
「等等，你剛說胎動？」
察覺說溜嘴的為濟頓時收聲。
「你剛剛說胎動沒錯吧？」柳條追問道，為濟沒有回答。她不懂，銀枝有身孕了？心亂如麻的柳條頭一陣昏，頹坐在地上。她是個傻瓜，銀枝當然有身孕了。這半年來她動作愈來愈遲鈍，身體愈來愈圓潤，連玩都玩得不大起勁。柳條原本以為她只是和大家一樣，吃不飽才會懶洋洋的，從來沒想過她居然是懷孕。
「可是怎麼可能？」柳條問：「去年、再去年她都沒有去送行呀！」
「這是她的私事，我無法代答。」為濟說：「妳現在該煩惱的，是帝羅多給妳的懲罰。」
「懲罰我？我有領到什麼懲罰嗎？」柳條大惑不解。
「黑玉靈芝就是妳的懲罰。或者該說，是對整個小福村的懲罰。」
「什麼？」
「黑玉靈芝生長神速，雨後播種只要七日就能大成。此草依靠寄宿他者而生，播種後毒根將會侵染整片田野，十年盡成荒土。」
柳條一時之間還沒意會為濟說了什麼。
「換言之，一旦村長在明天傍晚雨後，將黑玉靈芝的種播到你們的玉米上，接下來十年之內，小福村能採收的東西就只剩黑玉靈芝了。」

柳條愣了好一會兒才說：「你騙人。」

「我沒有騙妳的必要。」

「才怪，我聽金翼說過了，你想要玄揠龍王死，所以才會來鬼蓬萊。」柳條說：「你一定是想騙我不要救龍王，才會說這些話。」

「要殺玄揠，等我傷好之後多的是方法，牽連你們是最差勁的一種。」為濟說：「不管妳相不相信，其實我不希望傷及無辜。但是三十三天嗜好殺雞儆猴，為了對付我們，就算要毀掉整個鬼蓬萊舟溺天也無所謂。」

柳條冷不住打了個寒顫。「你居然敢說聖主的聖名……」

「我是個大逆邪道，仰澤師兄死後，這世上已經沒有我不敢做的事了。」

柳條往後退，黑暗中的為濟散發出恐怖的氣息，彷彿一頭蓄勢待發的野獸。他剛剛說到仰澤嗎？為什麼光是提起這兩個字，就能澈底改變他身上的氣息？恐懼讓柳條手腳冰冷，她得快點逃離這裡。為濟會說謊，又像猛獸一樣恐怖，不過沒關係，柳條知道還有誰能求助。牠會說實話，不會像為濟一樣威脅恐嚇。

「妳要去哪裡？」

就算太陽下山了柳條也不在乎，她在黑夜中狂奔，跑過二點水、衝上薔山，村子唯一的救星在上面。如果真的把靈芝種下去，未來十年全村就要挨餓。更恐怖的是天眾緊接而來處罰，而這一切全是她造成的。如果不是她偷偷幫助金翼，也不會引來帝羅多天主，小福村可以永遠和平愉快。這一切都是柳條的錯，她要想辦法彌補這可怕的錯誤，絕對不能讓邪惡的靈芝在小福村生根。

為濟無聲的腳步追著她，彷彿揮之不去的夢魘。

十二、巨鵬的計畫

夜風吹開柳條的路，出了村子，再不復見阻擋在路上的針口。柳條一路狂奔，為濟緊跟著她衝上薔山。

「誰？」

柳條鑽過牆縫，二話不說撲到金翼的腳邊。圍繞在巨鵬身旁的樹木在夜裡招搖擺動，呼喝著恐怖的回音。柳條上氣不接下氣，該說出口的話鯁在喉頭怎麼也發不出聲音。

「我還以為是誰呢。」黑暗中看不見金翼，只聽得見牠的聲音幽幽傳來。「小鬼怎麼啦？妳不是有宵禁，為什麼還在夜裡跑出——」

牠稍停了片刻。

「怎麼連你也來了？」

「我和柳條也算認識了。」待在牆後的為濟說：「她幫我救了一個朋友，我則告訴她關於黑玉靈芝的事。」

「還真像你的作風。」金翼哼哼唧唧笑道：「看來玄搵的傷勢果然很重，重到三十三天決定下猛藥救牠。說說看，這一次是哪個倒楣的村子，要負責種出黑玉靈芝？」

柳條摸黑抱住金翼的爪子，把臉壓在上面不敢哭出聲音。

「四聖在上，倒楣的是妳的村子嗎？」金翼無奈地說：「小道士你倒是做點什麼，這一片黑我什麼都看不清楚。」

「五行敕令，水鏡凝光。」

為濟唸完後一道冷風吹過，柳條眨眨眼睛，身上的汗水和淚水亮起點點螢光，像天上的星星一樣閃爍。

「好多了。」在螢光中，巨鵬小心把頭壓低，好讓視線能對上柳條。「小鬼，我得說句我很抱歉。是我把玄掘引來的，我們原先沒有拖你們下水的意思。說句實話，我會是這世上最希望這件事能乾淨俐落的人。」

「你、你……」柳條抽抽噎噎地說：「可是、我怎麼知道你說的是不是真的……你、你又不是人、又不是你的玉米……」

「我知道不是我的玉米，妳也沒有理由相信我。」金翼說：「所以，我只能說抱歉。」

柳條不知道該做什麼，只好繼續哭。她好像能看見那個悲慘的未來，當七天後所有的村民看見玉米穗裡只剩陌生的藥草，今年的收成、未來十年的收成，全都化為泡影的時候，他們會有多困惑、多無助？

金翼和為濟靜靜陪著她，薔山上有好一陣子只聽得到她的哭聲。

「別難過了，如果有方法，我也希望我能幫助妳。」金翼等到柳條哭累了，才輕聲說：「只可惜，我只是隻飛不起來、等死的老畜生。」

「我們能怎麼辦？」淚眼汪汪的柳條問：「如果田裡種不出玉米，我們還能怎麼辦？」

「我不知道。如果是以前被黑玉靈芝侵染的地方，那裡的人們會選擇遷村，或者把土地燒乾淨。可是我不知道三十三天肯不肯讓你們好過，畢竟折磨向來是懲罰中最重要的一環。」金翼說。

「為什麼他們要這麼做？」柳條又問。

「我一直在找答案，為濟也是。」巨鵬哀傷地說：「但五百年過去，我還是不知道該怎麼回答妳的問題。」

「我們做錯了什麼？我到底做錯了什麼？」

「抱歉……」

抱歉彌補不了任何事，等到明日傍晚，小福村未來十年的命運就注定了。

「妳可以把我交出去。」金翼突然說：「把我交出去說不定能讓三十三天回心轉意。」

「把你交出去？」柳條後退一步，一時間還不懂這代表什麼意思。

「舟溺天不是善心人士，絕不會因為一個薜荔多悔改就收回懲罰。」為濟說：「而且老朋友，你絕對不能落在他們手上。三十三天巴不得除掉你，根除多年來的心腹之患，你絕不能自投羅網。」

「我知道，但是我還能怎麼辦？」惱怒的金翼說：「看著收留我的小鬼傷痛欲絕，賭他們全村和我一樣餓個一百年也餓不死？小道士，不是每個人都像你一樣，可以輕易割捨一切。」

「我沒有割捨過任何東西，是他們從我手上奪走了一切。」

「我知道、我知道！但是你看看這小鬼，你忍心嗎？」

「有必要時，我會比任何人殘忍。」

「那有必要嗎？如果我這條老命可以幫他們換到一點施捨，那有必要嗎？」

為濟的怒氣隱隱在夜裡勃發。那像火一樣炙熱的憤怒，和冰一樣銳利的氣息刺得柳條心跳加速。

「你這是在浪費自己的生命，又搞砸我的計畫。你明知道我等不到下一個死玉，三千世界也等不到。」為濟說：「我禁止你自尋死路。一定還有更好的方法，只要在明日傍晚之前——」

「時間已經不多了。」

「我能爭取時間！黑玉靈芝要雨後才能播種，一天的時間夠我趕到天門阻止佈雨。等天眾忙著把雨工找回來時，我能折回來殺了玄揠。」為濟說：「天眾忘了我們有多厲害，我來幫他們重溫。」

「你殺了玄揠又如何？殺了玄揠能幫你完成心願嗎？」金翼反問：「我說過了，只有我親手殺了玄揠計劃才能成功。」

「那我親自上三十三天，去殺光舟溺天和他的走狗。」為濟激動地說：「天眾死光就不會有人用黑玉靈芝毒害這些村民！」

「別說傻話了！」

他們的聲音愈來愈大，夾在兩個驚人的氣場之間，柳條不知道該如何是好。只能想辦法抱住金翼的爪子，試著戳牠指頭的肉引起注意。

「妳做什麼？」金翼低下頭惡狠狠地問。

「我想要幫忙。」柳條回答：「我也想要幫忙。只要能夠幫忙，不管什麼都好。」

「可是妳能做什麼？」金翼說：「如果妳能對抗三十三天上的天眾，阻止他們毒害小福村，五百年前就該出手了。」

「五百年前？」

「算了，說這些妳也不懂。」

「那你更應該說給我聽，讓我知道五百年前到底發生什麼事。」柳條喊道：「不要把我當個傻瓜，好像什麼都教不會。我雖然個子小，但是身手敏捷，我可以鑽進你們想不到的地方，小看我吃虧的是你！」

「我們沒有看低妳的意思。」為濟說：「只是柳條，現在局勢惡劣，真的不是妳一個薜荔多能扭轉。」

「你連試都沒試怎麼知道？我只看到你和金翼吵架，除了殺殺殺之外想不出其他出路。」

為濟沒有回話，想必自己也很清楚這是事實。

「你怎麼說？」柳條轉向金翼。「你活了五百年，一定有辦法吧？」

「事實上，我想到的方法也是殺殺殺。」金翼說：「不過妳說妳會鑽洞，倒是讓我想到一個不算辦法的辦法。」

「老毒梟——」

「讓我把話說完。只要玄揠死，小福村自然也不用種什麼黑玉靈芝。」金翼不讓為濟說話。「我這麼說吧，只要在播種前我能趕到落伽谷，就有辦法弄死玄揠。只要玄揠一死，天眾一定會用全副心思追捕我們，然後忽略小福村。」

「有可能嗎？」為濟疑問道。

「我們只能賭賭看。」金翼說：「怎樣？要幫我最後一次嗎？」

「我不喜歡你的口氣。況且你打算怎麼做？你已經不能飛了，沒辦法突破天眾的守衛進入落伽谷。」為濟反問。

「我不行，但有個小鬼可以。」

「你說柳條？」為濟驚道：「不行，這太冒險了！」

「所以這就是你為什麼得去天門阻止降雨，一來爭取時間，一來引開天眾的注意力。等他們只顧著追你時，柳條就能趁著天眾防備鬆懈時鑽進落伽谷，幫我把羽毛送到玄揠面前。」金翼說。

「羽毛？」柳條問：「羽毛要做什麼？羽毛刺得死龍王嗎？」

「當然不行，我說過要殺玄揠得由我親自動手。」金翼說：「小道士，你知道我在說什麼。」

「縮地咒。」為濟回答：「這有難度。」

「這是唯一的辦法。」

「妳的小朋友願意害死玄揠嗎？」為濟冷冷地問。

「你們真的要殺龍王？」柳條跟著問道。

「這是我唯一想得到的方法，雖然機會不大，卻是你們唯一的機會。」金翼說。

柳條不知道該怎麼辦才好。不管她選哪條路，小福村同樣生機渺茫。她只能賭一個機會，賭金翼和為濟真能像他們說的一樣，將天眾的注意力從小福村上移開。到頭來最後的答案，依然只有一個。

柳條深吸一口氣。「我該做什麼？」

※

「揹著金翼的羽毛往北方的落伽谷去。」為濟隔著土牆對柳條說：「我會趕到天門阻撓天眾施雨，但是最多也只能爭取到一天的時間。以你的腳程計算，就算加上咒語幫忙也必須連夜出發，想辦法在第二次日落前趕到落伽谷。」

柳條握著羽根，抬頭打量金橙色、間雜著黑斑的大羽毛。在為濟作法的時候，她到附近的樹林裡扯了幾條藤蔓，幫自己做一個背帶。等為濟完工後，她把羽毛和背帶捆在一起，揹著來回試爬幾趟確定羽毛不會礙到她走路。

「金翼的羽毛自有神力，我用這神力下了三道符咒在羽毛上。」為濟告誡她說：「第一道是觸邪咒，只要四周有敵人靠近，羽毛會生出熱氣警告妳，讓妳預作準備，避開守衛落伽谷的力士和香陰。

「第二道是護身咒。只要羽毛在身，護身咒能助妳擋下外力侵擾。萬不得已時要逃跑時，有此羽在身能保妳平安。但切記，護身咒功效有限，並非金鋼不壞。

「最後，也是最重要的一道符咒，連身縮地咒。把羽毛拿過來。」

柳條把羽毛伸向土牆的隙縫，為濟的手繞過隙縫撫過羽毛，上頭的黑斑裡現出一連串複雜的紅色咒文。

「這是用金翼的血畫成的咒文，妳的任務就是讓玄揠親眼看見這行咒文。只要玄揠看見咒文，縮地咒就能將金翼送到玄揠面前。這樣，該做些什麼，妳聽清楚了嗎？」

柳條點點頭，然後才想到為濟看不見她。

「我聽清楚了。」

「很好。現在把羽毛揹好，閉上眼睛，頭靠過來。」

柳條照做，隱約感覺到為濟冰冷的手心貼在額頭上。

「看見了嗎？」

柳條的腦海好像有人點了一盞微弱的燈，在微光中她看見了通往落伽谷中心的道路。那是一片險惡的湖沼地，一點也不歡迎陌生的客人。

「先前我只去落伽谷探過一次，所以也只能告訴妳這麼多。」為濟說：「一切小心為上，要是被人發現別逞強，逃就對了。」

「我知道了。」

「老毒梟，你有什麼話要說嗎？」

「沒有。」金翼說。

為濟把手收回，柳條睜開眼睛。

「我擋下天眾佈雨之後，會盡快趕回落伽谷助陣。」為濟說。

「這次跑快一點，別又遲到了。」

「再告訴我一次，等到我們計畫成功之後這世上還剩什麼？」為濟問。

「還能剩下什麼？不就是生老病死這些撈什子。」金翼回答。

「很好。」

「小道士，我說認真的，記得趕上好拿走你該拿的東西。」金翼說：「要是你錯過了，我可是會活活氣死。」

「哈！」

為濟留下一聲冷笑，便飄然而去。柳條有些疑惑，不懂為濟笑這一聲是什麼意思。

「彆扭的傢伙。」

「發生什麼事了？」柳條問：「為什麼為濟好像很不開心？」

「別理他，認識他這麼久也沒看他笑過幾次，今天算是反常了。」金翼說：「倒是妳，完成任務之後，可不要待在原地發呆。」

「為什麼？」

「傻瓜，我和玄揠打起來的時候，可沒心情注意周圍的花草樹木。要是妳不小心被我踩死，到時候恐怕連屍骨都找不到。」

柳條倒抽一口氣，趕忙點頭應是。

「知道就好。」金翼對著柳條輕噴一口氣，她身上的螢光隨風消散黯淡。「這樣就不會這麼顯眼了。」

「謝謝。」

「等妳完成任務再謝我吧——不過等等，這很有可能是我們最後一次說話。」

「為什麼？」柳條問。

「因為宰了玄揠之後，我和為濟就要遠走高飛啦！小餓鬼，記得快點逃跑，然後保重自己知道嗎？」

「我知道。」

「那就別廢話，快點出發。」

黑暗中，柳條回頭看了金翼最後一眼。點點的星光落在牠身上，照出一個幽微模糊的輪廓。不知怎麼了，柳條覺得金翼話中有話，卻又說不出個所以然。還有為濟那聲笑，有個令她非常不自在的預感在她心裡撓呀撓的。

是她多想了嗎？

揹上羽毛，柳條爬上金翼的頭，藉牠的身高翻過土牆。往下跳的時候羽毛隱隱變涼，有陣神奇的微風托著她的身體，以免她跳下土牆時摔傷。這感覺好像多了一個隱形的朋友，柳條感覺沒那麼害怕，更有信心完成接下來的任務。

她往北方快步走，瘦弱的胸膛裡一顆心怦怦直跳。

十三、龍王

途中柳條只停下來一次。

那時入夜了，走了一天一夜，看不清前路、又餓又渴的柳條不敢再前進，只好找個山洞躲進去。陰冷潮濕的洞穴讓她暈眩作嘔，卻又不得不強忍下來，委身其中等待黎明。

第二天走進北方山地之後，有股臭味在她鼻前繚繞不去。柳條這下可是左右為難，如果要全力趕路她勢必得用上雙手，但是雙手不摀著口鼻又呼吸困難。柳條沒有辦法，只好深吸一口氣，然後像青蛙一樣快跳三步，再深呼吸一次快跳三步。

落伽谷很快就到了，原先她以為會遇上的山豬、黑熊、惡豹都沒出現。事實上不只是這些猛獸，其他飛鳥走獸同樣不見半隻，連蚊蟲螞蟻都不見了。森林裡空蕩蕩的，第一天趕路趕得太累沒注意到，第二天柳條才驚覺自己接下多恐怖的任務。

落伽谷一片死寂，花草樹木垂著葉子彷彿待死的病人。

詭異的熱氣不時從金翼的羽毛上散出。每當這個時刻，柳條就會趕緊窩到最近的樹洞或是草叢裡，豎直耳朵觀察四周。但是不管她怎麼看，總是不曾發現追捕她的人。真奇怪，為濟不是說天眾會嚴密保護龍王嗎？直到柳條不經意伸長脖子向上看，才發現這個問題的解答。

那些力士在天上。

柳條躲在一株桫欏樹上，攀著葉子假裝自己是其中一片。樹蔭遮蓋著柳條，天眾的力士踩著祥雲，漂浮在她頭上三尺遠的地方。羽毛透出陣陣熱氣，柳條抱著扎人的桫欏樹連大氣都不敢喘一口。力士右手拿著嚇人的戟，左手手掌舉在身前，兩隻銅鈴般大小的眼睛瞪著自己虎口，好不嚇人。

在陽光反射下，柳條看見無數細小的金線從他掌中往四面八方延伸。柳條沿著金線落下的方向往自己身上仔細瞧，才發現胸口和肚子上不知什麼時候像黏了蜘蛛絲一樣，沾滿無數的金線。她壯著膽子偷偷拍拍肚子，金線無聲無息滑落，只剩一兩條特別粗的掛在金翼的羽毛上。柳條騰出一隻手去扯，但是那些線怎麼也不肯掉下來，反倒惹得羽毛散出一陣又一陣的熱氣。

力士納悶的視線向下，柳條趕緊停手，把桫欏樹抱得更緊一些。力士左顧右盼了一陣，大概覺得沒什麼好看的，又踏著雲朵向高空飛去。柳條今天運氣還不錯，她爬下樹，繼續往落伽谷中心走。

在她的記憶中，為濟一看到那些金線就立刻退出落伽谷，跑得比風還要快。奇怪，這些金線有什麼好怕的嗎？柳條一邊走一邊想，卻想不出個所以然。不過她再分心也沒有多久，接近落伽谷中心，山路漸漸變得平坦，腐臭味卻更重了。半路上碰見的小溪變得像油一樣稠，枯萎、斷裂的草木倒得到處都是，好好的山路變得崎嶇破碎。

越過崎嶇的山地，整天沒吃沒喝的柳條找到一些倖存的通脫木，用力咬壞外皮啃裡頭的髓芯止渴。好在這些通脫木的莖桿不知道為什麼變得軟綿綿的，啃兩三下就支離破碎。壞處是她嘴裡留著一股酸臭味，附近也沒有乾淨的水能幫她洗舌頭。

止住些許飢渴後柳條繼續趕路，她有預感她要找的龍王就在前方。從平坦的谷地望出去，附近的山頭周圍都有一道若隱若現的光芒籠罩，柳條猜那些山頭就是力士的崗位。看來為濟最擔心的一關已經過去了，接下來柳條只要閉緊呼吸，快點進到谷地中央就行了。

她找到匯入谷中大湖的溪流，藉著溪邊的樹林遮蔽身形，快速向前進。雖然整天下來只有腐壞的通脫木果腹，但是將要完成任務的興奮感讓她生出不少氣力。現在依然日正當中，柳條一定能及時完成任務。

也許事情沒有她想得這麼簡單。

等到溪流流速變緩，水流漸漸加寬時，柳條的腳步慢下來。前方的大湖傳來陣陣惡臭。揹著羽毛的柳條小心踏出腳步，離開樹林的遮蔽。天上滿是烏雲，濃厚的腥臭薰得她連眼睛都花了，她得加倍注意才不會踩到地上的血汙。沿途血肉敗壞之後露出的骨骸，像一把把生鏽的斷刃，沿著湖岸穿出泥地。在白楊嬤的敘述中，落伽谷裡有個美麗的大湖，可是如今柳條只看到一個噁心的泥水池。在泥水池中，有條通體蒼藍的巨龍盤踞，那些恐怖的氣味就是來自牠。

所以，這就是玄揠龍王？

溪流的盡頭，龍王的身軀填滿了大湖，臭氣來源就是牠。龍王糾纏盤旋的身軀隨著呼吸上下起伏，遠望彷彿有一整湖的水蛇在蠕動。浮腫的皮膚撐開鱗片，露出底下發黑的皮膚。牠小山般大的頭就枕在湖邊，劍山般的利齒旁散落著屍骸，屍骸與絲裙糾結在一起。香脂和髒血混在一起，難怪這四周這麼安靜，一點飛禽走獸的聲音都沒有，難怪力士們都在外圍的山頭守護，難怪——

再多說一句，你就準備像荑情一樣滾到落伽谷去！

柳條大概猜出這位荑情香陰的下場了。她從背上拿下羽毛往前走，金翼吩咐過，要讓玄揠看見咒文才行。

即使時隔大半個月，還是看得出來當初的激戰對龍王傷害有多深。巨鵬顯然是鐵了心要牠去死，除了三道見骨的爪痕，在龍王長嘴的前端，原本該是鼻子的地方只有一團血肉模糊。柳條將一口酸水吞回肚子裡。玄揠鼻子上的傷口像團病變的瘤，深黃色的膿血涓滴漫流，僅存的一顆門牙從這團瘤中突出。

往前兩步，柳條決定還是吐一下。太噁心了。

嘔！

真的太噁心了。

柳條狠狠吐了兩大口酸水，就是跌進糞水坑裡，也沒有走進落伽谷那麼恐怖。這裡根本是地獄，除了腐敗和死亡一無所有。

吐完的柳條抬起頭，在巨大的龍首邊緣、那一圈獅鬃般的鋼鬚後豎起兩片殘破的耳朵，一對枯樹般的犄角隨之動搖。柳條閉緊呼吸，看著龍首漸漸轉正，睜開兩顆太陽般巨大的眼珠向她逼近。她抱緊懷中的羽毛，因恐懼而驚惶倒退，想躲避腐臭與逼視。

「何方豎子？」

「我、我是柳條。」

「一個餓鬼？這就是今天送來的食物？」龍王呼出一口沉重的惡氣。「這些香陰畜生當我是什麼？和他們一樣可以隨手打發的看門狗？狗眼的畜生……」

龍王抬起身體，嚇得柳條連羽毛也來不及給牠看，便趕緊回頭往後逃。玄揠龍王的頭像座會走路的山往她壓過來，刺鼻的氣味幾乎要把她嗆昏，嚇人的陰影罩著她。柳條撞上一段特別頑強的老樹殘根，突然間退路全失，羽毛發出嚇人的高熱！

「這是什麼？」龍王乍然停下。「妳這骯髒的小東西，我本該讓妳肝腸塗地，給那些小畜生一點顏色瞧瞧。但是妳有些不對勁，我說不出是哪裡……」

逃過一劫的柳條說不出話，只能想辦法緊貼著樹根，想要繞過去逃跑。龍王撐著浮腫的眼皮，瞇了老半天瞇不出個所以然。

「又不說話？真無趣，全是些沒有用的東西。廢物、畜生、小蟲，我早說過要他們帶香油給我，結果他們說了什麼？香油是給仙宮的供品，我有傷在身不能服用！賤胚、雜種、婊子……」

突來的妄動大概觸動牠某處的傷口，形貌猙獰的龍王往後退縮，碩大的軀體隱隱顫動。這樣一進一退，牠身上的鱗片又落下不少，喀喀拉拉掉了一地。柳條好不容易喘過氣跪在地上，心臟怦怦直跳。

「就是收掉方圓百里的田地又怎樣？只要一點香油、油就能讓我恢復體力，只要有體力，我就能收掉、收掉那下流齷齪的毒梟……」龍王一邊說話一邊發出隆隆雷聲，柳條猜牠在咳嗽，血腥味隨牠吐出的氣息揚起。

「我能做掉他們，只要有油我就能恢復。這該死的湖水有毒，他們卻要我待在這裡，瞎扯那套傷體不宜妄動的鬼話──呸！我看透他們了。沒關係，不給我油，我就自己去拿。我聞得到他們的味道，不到百里外就有一個村子，只要我吃光裡頭的餓鬼，再到香海邊……」

「百里外的村子？」柳條霎時清醒過來。「你想對村子做什麼？」

龍王顯然沒聽到柳條說話，牠兩隻前爪把身體撐起來，撐起身體嘩啦啦拖動皮肉。周圍的湖岸這下如蒙天劫，被牠龐大的身軀壓得東倒西歪，連一點殘存的草木都沒留下。

「吃的，只要有吃的，我可以……」

「等等、等等！」柳條急忙跳上跳下，揮手想阻止玄揠龍王。可是和龍王的體型比起來，柳條只是一個跳蚤般大的薜荔多，根本吸引不了牠的注意。牠剛剛說的村子是小福村嗎？要天眾去種黑玉靈芝還不夠，牠還想吃掉整個村子的村民嗎？

「等等！」柳條顧不得被壓成爛泥的危險往前跳。為濟說什麼要小心行事，此刻柳條已經全都拋到腦後。她絕對不能讓龍王離開落伽谷，可恨她只是一個小小的薜荔多，根本沒有力量能夠阻止龍王。她需要力量，需要一個能夠制服龍王，巨大無比的身軀——

柳條趕緊舉高金翼的羽毛！

「看這裡！」她大聲尖叫：「你快看這裡！」

柳條揮動羽毛，把四周摸不著的金線全部攪成一團，燙到快要燒起來的羽毛隨她揮舞散出一波波熱氣。她拚命往前跑想要趕上龍王，卻始終沒辦法拉近雙方的距離。拉鋸間兩方來到谷地邊緣，陽光從烏雲的隙縫中透出，龍王抬起身體，呼呼風雷聚集而來。

「等等！」

柳條孤注一擲，跳到一束陽光下方，用金色的羽毛將陽光反射到龍王眼裡。那是她的運氣，預備起飛的玄搵正巧撐開浮腫的眼皮。

「那是什麼？」龍王狺狺低吼，龍手再次向地面逼近。「老毒梟的羽毛？」

「我、我找到牠了……」柳條舉高羽毛，鼓起勇氣大聲說：「我找到金翼熊王了！」

「果真是牠。」扭曲的笑在龍王臉上綻出。「說，牠在哪裡？」

「我、我把、把地點寫在羽毛上。」柳條說：「就、就在……」

「在哪裡？」

柳條定睛看了羽毛一眼，趕緊手忙腳亂將羽毛翻面正對龍王。他們此時已經近到不能再近，龍王的利牙幾乎要刺穿柳條。

「哪裡？」

「這裡。」她說。

霎時只聞一聲巨響，金翼的羽毛炸成一團火焰，火光直刺玄揠瞳孔！玄揠掙扎翻滾，身軀如旋風橫掃山澤。霎時，柳條嚇得向後摔得四腳朝天，目瞪口呆，不知所措，眼睜睜看著死神降臨。金色光影現身落伽谷，巨翅、利爪霍然一掃，排開烏雲陰霾，迎來耀眼金陽。

「久見了，四腳蟲。」金翼說：「之後要永別了。」

霎時巨鵬的唳鳴掃蕩天地！

十四、天衰神老

巨鵬現身的第一下，利爪狠撲玄揠前腳，一下廢去左邊的臂膀。第二爪對準腹部，卻給抽搐的玄揠僥倖溜過，尖牙盲目地往金翼的喉嚨招呼。

金翼揚翅護身，玄揠的大嘴正中前回留下的舊傷。

「這邊的翅膀上次就說要送你了，怎麼到現在還沒拿走？四腳蟲怎麼了，說不出話了？」

金翼說話時，剛才得逞的爪子更加深入玄揠的血肉，緊緊扣住龍王前半身，右爪揚起砸落，打殘龍王翻動扭曲的下半身。玄揠龍王鬆口哀號，化膿的汙血從傷口裡噴出，將落伽谷染成一片青黑。金翼張翅開嘴，對準牠的腦袋，刷刷兩下將他的眼珠挖出。玄揠還來不及尖叫，利爪又向腦門連環重擊！

失去嗅覺又誤踏陷阱，眼盲、耳鳴、重傷在身的玄揠龍王，根本不是金翼的對手。不可一世的玄揠龍王肝腦塗地，屍橫落伽谷。金翼扯出牠的肚腸和心肝，三兩下吞得一乾二淨，血汙注滿乾涸的大湖。

「小餓鬼？」

渾身髒血的金翼回頭尋找，嚇傻的柳條緊緊抱著老樹的殘根發抖。

「抱歉最後讓妳看到這麼難看的樣子。」金翼說：「不過妳放心，天眾不會強迫小福村種黑玉靈芝了。現在就算他們把三千大千世界都種滿黑玉靈芝，也救不了玄揠的老命。」

「所以你、你要走了嗎？」金翼和順的口氣，多少緩去柳條的緊張。「我們還會再見面嗎？」

「我想不會了。吞惡木生毒火，我也該付出我的代價。」

「什麼意思？」

「意思是妳該跑了。」金翼笑著說：「真可惜我沒能早一點遇上妳，否則妳那些亂七八糟的小問題，我就能一個個解答清楚。」

「為什麼？你到底在說什麼？」

「告訴為濟，要他千萬別放棄。」

金翼垂下眼睛，張著嘴巴身體向著一旁倒下。柳條眼睜睜看牠倒下，髒汙的身體散出金紅的火光，羽毛化成片片飛灰消散。恍惚中，好像有聲悠遠的鷹唳迴盪在落伽谷中。從巨鵬口中蔓生的火焰吞沒落伽谷，湖岸成了火海，柳條蹲坐在谷地中央，茫茫然不知如何是好。

「金翼？」

然後，就在燒得熾紅崩散的骨肉間，有個藏青色的幽冷藍光。柳條爬上枯樹，伸長脖子瞇起眼睛想要看得更清楚一點。那是什麼東西？為什麼能在火海中發出光芒？她想伸出手，但是周圍的火勢太烈，根本沒有辦法靠近。龍王弄髒的湖水一下子被烈火燒得焦乾，谷地傾倒的草木也沒能逃過一劫，天眾佈下的金線寸寸斷裂，灰飛煙滅。柳條困在枯樹上進退維谷，火舌漸漸舔上她的棲身處。

忽地一道冷風灌入，為柳條吹開纏身的火舌。手執利劍、身著破爛道袍的人類一臉哀戚，末端焦紅的黑髮在氣流鼓動下翻飛。他從天而降，走進火焰中心撿起藏青色的寶石，如果柳條沒看錯，那寶石的形狀像顆心臟。

人類將寶石握在手上，身影在火焰中晃動。

「毫無反應。」他喃喃自語道：「老朋友，你錯算了，如今你死得毫無價值。」

「為濟？」

淚流滿面的為濟回身揚手，薄利的長劍掃出氣流一股，在火海中排開一條道路。柳條還沒會意過來，他又把藏青色的寶石拋出手。柳條趕緊接住寶石，寶石沒有她預料中沉重，反倒像浮石一樣輕盈。

「你做什麼？」

「快逃。」為濟說：「接下來的場面不適合妳。」

「這是什麼意思？」柳條喊道：「這裡失火了，你也要快點逃才行！」

「我還有些事情要解決。」為濟抬頭望，只見天上八道祥雲匯集，繩索般的金光串成一張天網當頭罩下。柳條愣在原地，抱著金翼留下的寶石不知所措。

為濟腳步向前踩，忽地身影已在半空，手上休留劍尖直抵力士咽喉。乍然色變的力士趕緊向後閃躲，蛇一般的劍尖沒有放鬆，持續進招追擊。迅捷無倫的一劍，慢了一手的力士毫無反擊的餘地，咽喉散出一道血泉。

為濟要大開殺戒了。

取下第一人，為濟迅速向後退。輕功凌虛的關鍵有兩項，一個是將體內氣息與風雲同化，自然能身輕如燕。另一項則是掌控氣力運行，隨時收放，上天下海如意運轉。很多剛練成輕功的菜鳥都會忘記，活用自身的重量其實也是輕功的一門訣竅。長期倚賴祥雲和坐騎飛翔，忘記自身重量的天眾更是如此。

刀槍斧戟從四個不同的方向而來，第一個到的持槍。這實在是為濟的運氣，也許天也不打算絕他，才會在他豁盡全力一擊格殺一名力士後，為他送來第二個生嫩的敵人。為濟讓身體急速下墜，借體重加成力道已弱的第二劍。半空中兩人迅速交會，為濟看準角度一劈，迅速挫斷槍桿！持槍力士趕忙後退躲避，休留劍鋒以毫釐之差錯過他的雙眼。

為濟在半空轉身，利劍向下疾掃。為了躲避劍鋒，又為避免腳下虛浮，力士聚氣令祥雲定在原地，讓雙足有了定點能夠使力。他鎖死的腳就是他的弱點，讓他成為定在空中的活靶。為濟轉身同時，劍鋒斬下力士的武器和雙手，第二下劃破咽喉，取下第二個目標。

依靠眾力士合作的鎮邪天網破了兩角，開始寸寸破碎。為濟在半空中納氣吐息再無阻礙，另外三個對手逼上時他已經做好萬全準備。

刀斧手搶上，一左一右意圖壓制為濟。為濟在半空中左右迴避，休留轉攻為守。掠陣的持戟力士虎視眈眈，手上沉重的兵器只待一擊取命。他是個傻瓜，以為小道士是獵物，但事實上為濟才是獵人。

正想著，為濟腳下踩空，身體向左歪去。持戟力士眼見機不可失，立刻一戟向前突刺，戟尖直指為濟的心臟！在這當口，什麼移山倒海的法術，都比不上眼明手快的一擊。

為濟深諳此道。只見他左手迅速一記千斤指彈出，無匹勁力震開戟尖，擋下迎面劈來的重斧。同時利劍向前遞出，持戟力士來不及驚呼，雙臂高舉、門戶洞開的他根本防不了劍尖刺入脅下，直貫心槽。

「邪道可惡！」持刀力士從左側逼來，利鋒霎時逼近。奄奄一息的持戟力士丟開武器，抓住為濟右臂。劍鋒就這樣困在他體內。

為濟真同情他。

「領死吧。」

一次呼吸間，為濟將休留收回體內，左手一盪再次化出利劍。兩名力士錯愕瞬間，為濟擋下力有未逮的一刀，回身再斷持戟力士雙腕，解開右手束縛。行雲流水，一氣呵成。將武器化入體內以自身精血養劍，力求人劍神魂一體，對他而言只不過是再基本不過的修行。

生死決鬥時任何一點優勢都不能錯放，持刀力士驚愕之間，為濟的左手劍已然逼面而來，殺得他連連後退。為濟知道得速戰速決，就算殺了三個敵人，還有兩個對手虎視眈眈，另外兩個真正的高手還沒加入戰局。

不對。

察覺有異，為濟立刻收勢退避。火光中衝出一道持劍身影，夾帶火勢與持刀力士合作，霎時刀劍輪攻，逼得為濟收去輕功跳入火海閃避。兩名力士趁勝追擊，刀劍逼身而來。

為濟右手捻印，吸引火海中的熱氣。如他體質特殊或是天眾修行在身，就算眼前一片火海，只要一個避火咒就能來去自如。避火咒能保護身體不受火焰侵犯，卻防不了視線在火海中變得扭曲模糊。有兩人已經踩進陷阱，第三個隨後跟上。他們從三方包圍為濟，將他逼向死路。

搶先落地的為濟將休留插地，雙掌托起。北方屬水，未時屬陰，屍火屬陰火，落伽谷此時雖陷大火之中，卻是至陰至邪之地。不明所以的三名力士身處極地，還使用避火咒鞏固體內陰氣不失。為濟運起絕學寒火掌，吸引陰邪毒火纏繞周身。他不用避火咒也能抵抗陰火侵襲，那天眾呢？

第一掌忽見明夷，正對面前持刀力士。不明所以的力士眼見火焰撲面，揮刀劈開為濟的掌氣，四散的火花落在身上無聲熄滅。

第二掌分覆日月，為濟雙掌分攻右後左前。集中一掌尚不足取下敵人性命，第二掌自然更是難以奏效。蒸騰的熱氣中，兩名力士揮開火焰掌氣，毫不在意地在避火咒的保護下步步逼近為濟。

為濟再次握住休留，劍指西北，足踏坎離。

「五行敕令，陰火封光。」為濟召出陰火覆上休留，同時快劍攻上，持刀力士跨步向前迎擊。

只一步，他就知道自己大錯特錯了。真氣一運，為濟打在他身上的陰火和他身上避火咒相互牽引，周圍屍火釋出的陰毒迅速倒灌五臟六腑。兩人刀劍一交並，持刀力士立刻吐血倒地。其餘兩名力士退後閉氣，殊不知正中為濟下懷。

他們不能運氣迎擊，否則就會和同伴一樣陰毒入體，臟腑重傷。但如果不運氣還擊，為濟不會讓他們有逃跑的時間。持刀力士倒下的瞬間，順勢再下一城的休留已經刺入持斧力士的要害，可憐的他甚至來不及舉起兵器格擋。

一道血泉濺出，為濟沒有停歇，反身繼續進攻。和方才眼明手快的一劍相反，他這陣攻勢亂無章法，持劍力士處處小心防守，步步向後退。不錯，他是個聰明人，知道要躲在火焰中等待為濟露出破綻。他習慣深思熟慮，當同伴背後的支援，所以出手也比其他人老成。

為濟看透他了，所以把最後一招留給他。持劍力士站穩腳步，愈守愈沉穩，甚至能慢慢壓下對手攻擊。反觀為濟招式已老，始終無法突破他劍圍。天上最後兩名力士正在靠近，危機就在眼前了。

「邪道，你末日——」

近了。

為濟在心裡幫他說完這句話，開口瞬間持劍力士才知自己中了陷阱。先是躲在火中潛伏，又在火海中和人廝殺，為濟的寒火掌是一個小種籽，在吸飽毒氣的力士身體裡插入劇毒的根。只要他繼續待在火海中，沒有離開現場運功驅毒，為濟就能一步步拖死他。呼吸困難的持劍力士以劍佇地，為濟上前為他割開喉嚨，讓他吸入此生最後一口氣。

留下三名天眾的屍體，為濟再次蹬足升空。這次他面前不再是輕率出手的力士，而是經驗老到的將首。

「利用陰火之毒殺敗三人，你果然名不虛傳。」帶頭的將首說：「但是蒼天部阿耆含，可不是你能如此輕易對付。」

確實，他的功體比剛才那三個力士深厚，又預先有了防範，為濟的寒火掌難再發揮相同的作用。只是如果掌氣不行，那劍呢？

為濟挺劍攻上，阿耆含化出一柄鐵鞭迎戰。甫交擊，便知阿耆含與方才六人截然不同。出手穩重，力道渾厚，不躁進取地。阿耆含緩步進逼，鐵鞭處處以壓制為先，試圖打下為濟手上的休留。

為濟猛攻一陣無效，一個破綻現出讓阿耆含逮到機會。眼看鐵鞭就要砸碎手腕，為濟立刻拋下休留退避。阿耆含跨步再攻，逼為濟退後棄劍。

「休留！」

真氣引劍靈，脫手的休留立時化氣回到為濟體內。為濟左手一盪，原先賣出的空門成了陷阱套住阿耆含，劍鋒橫空刺向阿耆含身側！

「可惜。」

是，可惜了。為濟緊握著休留，從不曾令他失望的利劍刺不進阿耆含堅韌的盔甲，金色咒印擋下攻擊。

「你劍法巧妙，引氣渡劍確實是難得一見的奇招。可惜我乃蒼天部將首，有舟天聖主恩賜不壞金身護體。」阿耆含說：「你這凡兵休想傷我分毫。」

為濟收回休留，揮掌推開阿耆含。阿耆含退了一步，原先拿著繩索在他背後等待的力士踏上前來。為濟往後退了三步，和兩人保持距離。休留傷不了阿耆含，這下問題大了。

「任你劍法通神，破不了我護體金身同樣死路一條。乖乖束手就擒，待我拿你到舟天聖主面前懺罪，也許他還會放你一條生路。」阿耆含說：「降則生，不降就地正法。」

他說的沒錯，不投降就是死，投降還有一條路直往地獄。

「我的罪過你們無權制裁。」為濟說：「舟溺天自以為能一手遮天，今天我會讓你知道什麼叫天外有天。」

「邪道還敢大放厥詞？」

為濟左手捻印，右手向地一指，赤中帶墨的黑氣頓時從掌中蔓生。

「不可能！」阿耆含大驚失色。「你？一個凡人竟敢吸食三毒瘴？」

「區區三毒瘴苦痛之氣算什麼，我連封印在鐵圍山的衰敗之劍都找到了。」為濟說。黑氣中一柄鏽劍現形，頓時日月失色，神鬼禁聲。遠天、大海、山林、曠野，天地間突然充塞一股哀絕，蒙上一層塵埃。幾不可聞的哀嘆穿透時空，穿透所有謁劍人的耳畔，剝奪所有倖存的妄念。

「天衰神老。」

「你——」

為濟沒讓阿耆含把話說完，光是握著天衰神老就能讓他痛苦難當，心神混亂。他沒有太多時間浪費，只能把握清醒的片刻揮出無可抵禦的一劍。阿耆含舉起鐵鞭想格擋，但是毫無用處。沒有任何東西能擋住衰亡，就是長生不老的傲慢天眾，也要在伏首在此劍之下。

鏽劍粉碎鐵鞭，阿耆含張大嘴巴，金色的肌膚生出片片綠斑，劍痕在他手臂上腐爛生膿，一下子擴散到肩膀、脖子、然後是方正的臉龐。力士身上的衣甲發臭發黑，瓔珞寶石失去光芒，隨著焦黃的髮絲散落大地。

「手握此劍你也會受到詛咒。」阿耆含用沙啞的聲音說：「邪道，你離死不遠了。」為濟收起鏽劍，他不太在意阿耆含說了什麼，遺言這東西聽聽就好，放在心上毫無用處。他死定了，為濟不需要為他多費心思。

「休留。」

為濟再次化出休留，用最後一絲氣力將利劍用千斤指彈出。逃跑的力士來不及閃躲，休留已經貫穿他的胸膛，將人擊落雲端。為濟吐息降落，險些踩空跌個倒栽蔥，好在柳條及時抱住他的腿腳，硬是撐著不讓他倒下。

「妳還在這裡？」為濟眨眨眼。「我不是叫妳快跑嗎？」

「火太大了，我跑不出去。」柳條不好意思地說：「反正，我們一起走也沒有關係吧？」

「妳真是……」為濟不知道該說什麼才好。他現在沒有力氣和柳條吵，只能順著她走一步算一步。好在周圍的火漸漸小了，大概落伽谷原先就被玄揠弄得一團糟，就是發了大火也沒有多少東西能燒。

「我們現在該怎麼辦？」柳條問。為濟試著引動真氣將休留收回，卻渾身虛軟提不起勁。

「先讓我把休留撿回來吧。」

「休留？」

「我的劍。」

柳條點點頭，扶著為濟一拐一拐地往最後一個天眾墜落的方向走。

「妳還帶著金翼的心嗎？」為濟問。

「有。」

「那就好。」

他們慢慢走出落伽谷，回到綠意盎然的原野。

十五、舍沙

找到墜落的天眾之後，為濟將休留拔出來，仔細用天眾的衣服擦乾淨。只敢偷看的柳條躲在一棵樹後面，看為濟施法焚化天眾的屍體。

「妳要躲到什麼時候？」施法完畢後，為濟不耐煩地問：「只不過是具屍體而已。」

「那是天眾。」柳條說：「媽媽說不尊重天眾，聖主會降下天譴。」

「我殺了八個天眾力士，怎麼還沒看到舟溺天來天譴我？」

「我、我不知道……」

為濟大概也不期待柳條說出個所以然，他握著劍好像突然想到要整理袖子一樣甩一下手，劍就像變魔術一樣消失得無影無蹤。

「你的劍呢？」嚇了一跳的柳條問。

「在我身體裡。」

「你的——身體？」

「放心，我沒有把劍插進奇怪的地方。」為濟說：「天地萬物不過五行變化，而五行不過無形之氣轉化凝鍊。劍會消失，是我將休留轉成最原始的氣，和我的身體融為一體。休留並沒有消失，只是成了我身體的一部分。」

他講了這麼多，柳條連一個字也聽不懂。

「所以，雖然你手上沒劍，但其實劍就藏在你的身體裡？」

「差不多是這樣。」為濟說，柳條試著不去想像他吃東西的時候，如果劍柄頂到喉嚨該怎麼辦。不過為濟看起來很聰明，應該有辦法解決才對。

「我們快回村子！」柳條說：「我們快點回去把好消息告訴其他人。知道不用種黑玉靈芝，大家一定會很開心的。」

「我不反對。」

嘴巴上這麼說，他眼皮下深沉的陰影卻讓柳條害怕。為濟像個病人一樣，舉手投足都軟綿綿的。說實話柳條不認為他有辦法走回小福村，像剛才那樣飛來飛去更不可能。麻煩的是現在又過了下午，再來又要黃昏日落，針口會開始到處巡邏。

想到剛才發生的種種悲劇，也許為濟並不像柳條這麼急著回小福村。

「我腳瘦了，我們先找個地方休息一下好不好？」柳條說：「我知道附近有個山洞。」

為濟隨柳條去。等找到山洞後，他徑直靠著山壁坐下，嘴裡吐出一口長長的氣，但是兩隻眼睛依然閃閃發光瞪著洞口。柳條小心把金翼的寶石心臟藏在山洞裡，讓為濟一個人休息，自己趁著還有一點陽光去找野果野菜。因為玄揠的關係，落伽谷四周變得荒涼不少。心神不寧的柳條花了不少時間才找到一束管芒，還有一顆過熟的木鱉果。

為濟在山洞裡閉眼打坐，神情肅穆。柳條沒吵他，把乾柴堆成小堆鑽木取火，趁著火勢還沒燒旺時把管芒的外皮剝掉。

夜裡的山嵐總是凍人，太陽下山後得等火勢旺起來，才能驅散了一點涼意。為濟睜開一隻眼睛，舉起一隻手指不知道比劃了什麼，火光頓時變得黯淡不少。柳條不理他，繼續烤摘回來的野菜野果。期間為濟只起身一次，然後捧著一個飽滿的水囊回來。

「你有這個好東西？」柳條問。

「妳沒問過我。」為濟聳聳肩，把水囊遞給柳條。柳條喝了一大口，繼續烹調晚餐。雖然火光變暗了，但是可沒減少半分炙熱。

吃飯時兩人一句話都沒說，為濟慢條斯理吃了兩根管芒的嫩芯，柳條則是一邊吃一邊偷看他，一頓飯拖得老久。柳條腦子轉呀轉地，想著等一下該怎麼開口。她有好多問題，可是直覺告訴她這些問題的答案和為濟一樣危險。等到最後一顆木鱉果的種子丟進火裡，這頓飯總算結束了。

「我知道妳在等我開口。」為濟正坐面對柳說：「現在，有什麼問題妳就問吧。」

「你等我一下。」柳條起身鑽進山洞深處，找出金翼留下的寶石心臟。「這是什麼？」

「這是純青琉璃心。」為濟從柳條手上接過。「巨鵬吞食毒龍，龍的血肉供給巨鵬體力，但是毒素也會在體內不斷累積。等到毒素累積夠多的時候，就會轉化成惡火燒死巨鵬。巨鵬的屍體燒化之後，就會留下像這樣的純青琉璃心；妳可以說這是巨鵬奉獻一生消滅毒龍的證明。」

為濟捧著琉璃心嘆了口氣，又伸手還給柳條。「原先金翼以為琉璃心會是我們在尋找的東西，堅持要跑鬼蓬萊這一趟。如今證明牠的推斷錯誤，一切又要重頭開始了。」

柳條接回琉璃心抱在懷中。「你在找什麼？」

「生、老、病、死。」

他又開始說柳條聽不懂的話了。

「你們來到這裡，就是為了對付玄揠龍王，好拿到這些生老病死什麼的？」柳條問：「金翼早就知道牠要死了嗎？」

「他這一趟抱著要犧牲的決心而來。原先我們計畫第一次對戰時就將玄揠擊殺，誰知道出了意外，我被舟溺天打成重傷，沒辦法在關鍵時刻出手幫忙。也因此才讓金翼和玄揠兩敗俱傷，把妳和小福村給牽扯進來。」

「舟、舟天——」

「舟溺天。這一切的始作俑者，一切悲劇的源頭。」

「你為什麼這樣說祂？阿嬤都說祂是護持三千世界的聖者。」柳條抗議道：「沒有祂就沒有我們的三千世界。」

「事實上，三千大千世界不為誰而生。」為濟說：「但確實有可能因舟溺天而毀滅。」

「毀滅？」

為濟點點頭。「這件事很難說清楚。」

柳條鼓起腮幫子。

「所以，我認為不如讓妳親眼看看。」

「你要做什麼？」柳條問。

「一個夢。」為濟手捻法印在空中比劃。「琉璃心是金翼一生最後留下的結晶，裡頭應該會有你想要知道的解答。」

「什麼解答？」

「為什麼金翼不惜犧牲性命也要對抗舟溺天的原因，以及我是為何走上這條苦痛之路。更重要的是年復一年，在天眾轄下的鬼族和人類，遭逢什麼悲慘的命運。」

「鬼族？」

「薜荔多和薜荔果毫無關係。」為濟說：「你們過去的名字是卑帝黎，是負擔祖業的鬼族。」

「什麼？」柳條想再細問，但是一個哈欠已經忍不住從嘴裡冒出頭。她好累好想睡，為濟的身影逐漸模糊。

「仔細看，能看見多少，妳就能明白多少……」

柳條闔眼入夢。

※

在朦朧中，柳條夢見自己生出雙翼，從一處險惡的峻嶺向下跳，乘上一股向南湧動的風飛翔。在遼闊的大海上，浮著一點一點的乳黃泥塊，然後是一大片穿著藍色僧衣、僧帽，皮肉半透明的僧人。

看著他們漂浮在海面上，讓柳條又驚又怕。僧人身上的衣帽顏色好美，像琉璃珠一樣在陽光下閃爍，倒映著令人驚豔的光芒。但是骨肉不全的軀體卻彷彿在提醒旁觀者就是再華美的寶宅，也有腐壞崩毀的一天。

柳條趕緊往前飛。除了害怕之外，更重要的是她心繫天之彼端，在日月光華同時照耀的地方有個聲音呼喚著她。

從這麼高的地方看下去，柳條的視線能看清整個世界。她看見西方有一大片荒涼蒼白的沙漠，和東方生機盎然的綠地藍海恰成對比。南方深如墨汁的海水和陸地，即使隔著大半個世界她也能聞到濃厚的鹹酸味。而在諸海、諸天的中央，有座美麗的宮殿漂浮在上頭。亭台樓閣層層疊疊，無止盡的金沙鋪地。琉璃磚瓦沿著上寬下窄、漂浮在半空中的椎狀高山堆疊而上，直到柳條看不見的九重天深處。

焦臭傳來。

柳條來不及摒住呼吸，一下子失了方向往下直墜。那惡臭好可怕，比起來落伽谷的氣味根本連個臭屁也算不上。這焦臭有毒，毒得柳條神智渙散，氣力全失。

好在海中有座礁石，柳條運氣好落在上頭，雖然重重摔了一下，但也好過給那無盡的火海漩渦捲入。她喘了幾口氣，恢復一點力氣和神智，爬起來往漩渦中心望。

那漩渦之大，就是將上頭的整座山投進去也是綽綽有餘。漩渦裡萬千怨靈哀嚎慘叫，淒厲的聲音隨著焚風毒水繚繞旋轉，永無止盡。柳條在把視線放遠一些，看見漩渦中心有條白龍，渾若山柱的身軀翻騰扭轉，帶動漩渦流動。牠的頭像散了套的麻繩，分裂成一百個、一千個、億萬無數吐出赤火的小嘴巴，不斷尖叫撕咬周圍的怨靈。

「那是舍沙。」

為濟淡得像霧氣的身影出現在柳條身邊。這一幕讓她突然想到一件事，低頭發現果然沒錯，她又變回小小的薜荔多了。

「誰是舍沙？」柳條問。

「獨一無二的阿難陀龍王，護持聖者遍入天的坐騎護法，那伽鱗蟲之祖。」為濟說：「妳應該看得出來，牠瘋了。」

確實，不然沒有什麼可以解釋牠每一張扭曲變形、交錯變換的恐怖臉孔。牠毫無意識，只剩本能掙扎扭動，攪起惡浪吞滅世界。

「這裡是哪裡？」柳條問。

「地獄口，血渤海。」

「這裡發生什麼事？」

「我這麼說吧，有人想要那座顛倒峰，但是顛倒峰有個主人叫遍入天。」為濟說：「於是想要顛倒峰的這個人，把遍入天和他的護法龍王舍沙騙到這裡來，請他救救受困於火海地獄的眾生。」

「然後呢？」

「就在遍入天起了惻隱之心，用上所有的法力打開地獄口的當下，想要顛倒峰的這個人也用上了全部的法力，將遍入天和舍沙推入地獄口。遍入天的法身立時遭毀，地獄道中無堅不摧的毒邪水火將他燒成灰燼。

「在這個時候，憑著最後一絲意識，遍入天將自己殘餘的法力輸進護法的體內，保住阿難陀龍王的法身。阿難陀龍王天生鱗甲殊異，再加上主人臨死前神力加持，居然奇蹟似地在地獄口活了下來。

只是奇蹟有其代價。失去法力撐持，地獄口收攏時舍沙來不及脫出，又來不及墜入，便困在這火口漩渦中。牠一身法力保牠不死，卻保不了牠往日的智慧清明。舍沙瘋了，靠著捕食墮入地獄的亡靈而活，從此四海動盪，五濁惡勢擴張，三千大千世界危若累卵。」

「五濁惡勢？」

「就是妳眼前所見的火水漩渦。當地獄口四周的靈氣不夠補足消耗時，舍沙就會向外擴張身軀，去侵吞更遠處的靈氣。而為了阻止牠向外擴張，舟溺天想出了一個好法子。」

為濟正說著，兩艘大船由遠而近，東邊的船上有無數的薛荔多，披掛著簡陋的戰甲和武器，挨在船舷旁探頭探腦。南邊是一群人類，他們的船更快更穩，四周的風和潮水彷彿他們的僕人，恭敬地推船前進。

「看看海裡。」

柳條依為濟的指示凝神細看，看見許多細長的影子在海中游動，推著大船前進。是龍？

「這就是舟溺天的解決之道。」為濟哀傷地說。

先抵達的是薜荔多，大船上突然有道虹橋昇起，帶頭的小隊長們一聲呼喝，薜荔多們拿起武器向前衝。他們跨過虹橋，往地獄口的漩渦邊緣殺去。

「不——」

柳條驚呼，但是為時已晚。縱使薜荔多有無上的勇氣，但是面對舍沙他們毫無勝算。舍沙千萬餓狼般的大口一咬，薜荔多們立刻兵敗如山倒，成了阿難陀龍王的餌食。剩下的薜荔多想逃也無處可去，虹橋斷了，海裡的龍推著大船向東遠去。薜荔多們落入海中，被五濁惡勢捲進地獄口，毫無例外成了舍沙的食物。

「妳看看他們。」為濟又說。這時另一艘船上的人類紛紛跳了起來，他們好厲害，像鳥兒一樣憑虛御空，手上的諸般武器散發五顏六色的神奇光芒。當他們武器向下揮動，可以看見銳利的氣息劃破空氣，往舍沙的喉嚨砍去。那是牠最脆弱的部位，遭利器一砍便爆裂粉碎。

「人類受過訓練，知道怎麼對付舍沙。」為濟說：「這讓他們以為自己會有所不同。」

舍沙斷裂的脖子噴出毒霧，霧中飛出形貌各異的惡鬼抓住半空中的道士，尖牙利爪並用將人

「這個漩渦還會更大？」柳條頭昏了起來。「你說的是真的嗎？」

「這個漩渦會繼續擴大下去，直到三千世界都被舍沙吞食為止。」

「那舟——聖主——薜荔多——」

「舟溺天。妳該試著說出這個骯髒的名字，只有這樣妳才能正視真相。」為濟說：「沒錯，不要訝異，舟溺天這全能無上的諸天聖主，將薜荔多視作餌食，每年用無數的薜荔多餵食舍沙，拖延五濁惡勢擴張的時間。」

柳條張著嘴巴，不知道該說什麼。為濟說的是真的嗎？剛剛她親眼看到的是真的嗎？或者這又是另一個金翼的恐怖故事，專門用來嚇唬柳條？

「人類中的仙人也是幫兇。他們組成幫派，吸收不知情的年輕子弟，用對抗五濁惡勢之名訓練他們。等時機成熟，就會有一批年輕的生力軍來到此地，對抗地獄口的妖魔大軍。」

為濟揮出劍指指著漩渦中心，一滴淚劃過他扭曲的笑臉。

「神來一筆！果真神來一筆！所有人都以為他們是為了對抗邪惡而捐軀，殊不知正是惡魔指引他們來到此地。他們到死都抱著自己即將成就無上功德的信念，相信自己是為了正義犧牲。他們是英雄，是我們這些只敢苟且偷生的螻蟻無可比擬的典範……」

為濟的聲音漸漸變低，柳條想起一件事。

「仰澤來過這裡嗎？」她問。

「他來過，也想辦法活著回去。我聰明的師兄發現了真相，所以用上所有的狡詐心機，不惜

「這不是死之玉，我留著沒用。但妳不一樣，金翼如果知道妳留著牠的遺物，應該會非常開心。」

柳條抱住琉璃心，裡頭隱隱散出一股沁涼。為濟心中盈滿憤怒，柳條不知道該怎麼幫他抒發。他雜亂的髮絲在日光下像一把零落的野火，昨天大戰在他身上消耗不少。

「你這樣沒關係嗎？」柳條問：「我是說讓我看到你的臉。」

「我殺了蒼天部七個力士，外加他們的將首，掩型術已無關緊要。」為濟說：「我太衝動了。」

柳條抱著琉璃心走到他身邊，像在夢裡時握住他的手，用拇指摩擦他的手背。唯一和夢中不同的是少了輕飄飄的虛無感，現實中為濟的手粗得像是枯樹皮，硬繭扎得人含淚欲滴。

「妳的手好粗。」他說。

「我每天都要幫媽媽種田。」柳條說：「昨天可能是我第一次沒下田就在外面混一整天。」

為濟嘆了口氣。「我送妳回去吧！」

「我們可以就這樣回去嗎？」

「我已經把看過妳的力士全殺了，沒人會知道妳你來過落伽谷。我會盡快處理完生之息，再

十六、白目與白賊

「為什麼是背地梨？」

「是卑帝黎。」為濟糾正柳條的發音。

「所以是為什麼？」柳條問：「卑帝黎？為什麼我們是卑帝黎，不是薜荔多？」

「我不知道。」為濟回答說：「事實上，我認為這世上已經沒人知道了。五百年的時間太久，久到許多往日都被遺忘。」

「阿嬤說四聖都不見了，這個也和天眾有關係嗎？」

「我得幫金翼謝謝妳。最後這一段日子，謝謝妳陪在牠身邊。如果沒有妳幫忙，牠一定沒有辦法擊敗玄揠。」為濟突然說。

「我只是做我覺得該做的事而已。」柳條說。

「有時候這樣就夠了。」為濟蹲下來掬水就口。柳條不知道該做什麼，只好學他捧水來喝。連喝三口之後，她才發現為濟動作慢得驚人，捧著水向著天空不知道喃喃自語些什麼。尷尬的柳條往後退，好讓為濟一個人做完整套。

「妳不用後退沒關係。」他說。

「我怕打擾到你。」

「我只是想對金翼告別而已。可惜這裡沒有酒，有酒和杯子的話會更正式一點。」

「我、我也能和牠告別嗎？」

想辦法轉移三十三天的注意力。」

「你還要去天門？」

「那個地方我常跑，我沒去天眾會想念我的。」

柳條笑了兩聲捧場。洞外不知何時陽光普照，籠罩在落伽谷周圍的陰霾散去。柳條一手牽著為濟，一手抱著金翼的心臟，一人一鬼小步往前邁進。

卻又有所不同。不管仰澤做過什麼事，為濟依然敬愛這個師兄，將他當成救命恩人。

「仰澤呢？」柳條問：「他救了你一命，然後他人呢？」

「他死了，由仙門的領導者親自行刑，屍身在我眼前灰化。這是觸犯禁忌唯一的下場。」為濟說：「我孤身流浪，渾渾噩噩來到鐵圍山下的寒獄邊境，才遇上金翼。金翼憐憫無知的我，將所有的真相告知。直到那時，我才知道仰澤師兄的一生因誰虛擲，我的苦難又是從何處發源。又是誰逼金翼遠離故鄉須彌山，避走鐵圍山下過著不見天日的生活。」

為濟深深嘆了口氣，低下頭看著柳條。柳條牽著他的手，學阿嬤摩擦他的手背。

「不要難過了。」她說。

「我不難過。只是好不容易，我和金翼研究出結束這一切的方法。好不容易奇蹟出現，讓我手上握著衰敗之劍和苦痛之氣兩項關鍵。金翼賭上所剩不多的性命，就為了賭妳手上的琉璃心是最後的死之玉。但是他賭錯了，白白犧牲，最後又剩我一個……」

為濟的聲音愈來愈小，四周的景物慢慢變淡，柳條感覺眼皮和身體變得好沉重。有個硬硬的東西壓著她的太陽穴，害她睡得渾身不舒服。為濟的臉淡去又重新變得堅實，清晨的陽光照進山洞裡，山嵐霧氣還沒完全散去。昨天柳條生的火已經熄了，只剩焦黑的枯枝堆在地上。

拖下漩渦。道行稍淺的立時斃命，道行高深的道士懂得用符咒驅逐妖鬼，手上的利劍快如疾風迅雷，舍沙的龍頭一個接一個落入海中。但是到最後一切就如為濟所說，沒有一個例外，面對殺之不盡的舍沙龍首，再厲害的道士最後也要被拖入海中，張大嘴巴吞下敗果……

「不要！」柳條大聲尖叫，滿布利齒的蛇嘴含住道士的頭，好不容易游到漩渦邊緣的他半張臉瞬間撕裂，鮮血碎肉撒入大海。

「他們的肉身死去後，靈魂也會和那些亡靈一樣，永遠在五濁惡勢裡輪迴，讓舍沙一次又一次反覆吞食。」為濟說：「多虧舟溺天的機智和這些人的犧牲，五濁惡勢經過五百年的光陰，好不容易才擴張到地獄口千里之外。」

「五百年？」柳條抬起頭看著他，腦中滿是疑惑不解。「我為什麼會看到這些？到底發生了什麼事？為什麼、為什麼……」

她不知道該問哪個問題才好，太多可怕的事出現在眼前。她只想快點回到小福村，躲在地洞裡好好發抖打盹，快點從這場惡夢中醒來。

「如果妳害怕五濁惡勢把我們的立身之地打壞，那大可不必。」為濟跺跺腳下堅固的礁石。「這只是金翼的記憶，牠的一生全凝結在純青琉璃心裡。這裡的一切傷不到妳。」

「金翼到過這裡？」柳條問。

「牠目睹過五濁惡勢成形。如今的五濁惡勢已經太大太危險，就算是我們兩個也只能在邊緣觀察，沒辦法接近中心的舍沙。」

「我教妳怎麼做。」為濟招手要柳條靠近。「跪著或蹲著都沒關係，想好要對牠說什麼話再捧起一把水，說完後喝下去。記住只有三次機會，想清楚妳要說些什麼。等三捧水喝完，你們就正式告別了。」

「真的嗎？」柳條問：「說完我和牠就再也沒關係了？」

「當然不是。妳還是會想起牠，牠的樣子和聲音依然是妳記憶的一部分。只是告別過後，每當妳想起牠也許就不會這麼難過了。」

柳條其實聽不大懂，但不用忘記金翼對她來說也就夠了。她捧起第一把水想起金翼尖酸刻薄的語氣，總是頤指氣使的小心眼。

「謝謝你。」

然後，她想起金翼的故事，可惜的是她再努力也沒有辦法，讓金翼重遊那些故事裡的美麗風景。

「對不起。」

最後還剩下什麼？柳條實在不知道該說什麼才好。突然間沒了金翼，薔山土牆後這麼一個龐然大物消失得無影無蹤，只剩下一顆人頭大小的玻璃珠。雖然他們相處的時間短暫，留下的記憶卻會讓柳條惦記一輩子。

「謝謝你。」

喝完三捧水，柳條把手甩乾。為濟站在不遠處等她。

「話說完了？」

「說完了。」

「那繼續走吧。」

為濟往前走，柳條抱著琉璃心跟上。

「我想到一件事，妳把琉璃心捧好。」為濟手在空中比劃，柳條照他吩咐捧好琉璃心。忽地，琉璃心縮小成一顆剔透的玉石，小到柳條能一手握在掌中。

「這樣帶在身邊應該會方便一點。」為濟說。

「謝謝你。」柳條把琉璃心收到胸兜的夾層裡。等回村子後，她得另外想個方法收好琉璃心，這是金翼的遺物，不能有任何閃失。

「雖然不能拿來對付舟溺天，但琉璃心很稀有，也藏有很多祕密。」為濟告訴柳條說：「或許其中一個祕密，未來能派上用場也說不定。」

「我只需要知道這是金翼留給我的東西就夠了。」柳條說。他們繼續往前走，小福村就在前面不遠了。「說起來，你還沒告訴我你這些時候都躲在哪裡耶？」

「少來，上次我不是才教妳要怎麼照顧銀枝嗎？」

「我只是想聽你親口承認。」柳條說：「為什麼你會找上銀枝？她身上有你要的東西嗎？」

「可能有。」

「和她的孩子有關？」

「和她的孩子有關。」為濟說：「雖然無法斷言，但我認為生之息非新生兒的氣息莫屬。」
「生之息？這也是你在找的東西？」
「沒錯。」
「你會保護銀枝也是為了這個？」
「沒錯。」
「為什麼是她？」
為濟嘆了口氣。「說來也是湊巧。在我重傷躺在原野上，懷有身孕的銀枝出現，我一直想不通的環節突然開通了關竅。於是一來為了生之息，二來我也得謝謝她在我受傷時幫忙照顧我，我給她一點用藥和飲食的建議，用點真氣幫她保住胎兒，算是彼此互惠。」
「你要把她的孩子帶走？」
「不用。雖然古卷記載語焉不詳，但我想我只要留下新生兒呼出的第一口氣息，或是第一聲哭聲就行了。苦痛之氣與我氣血相連，又會和其他元素相互牽引，等銀枝生下孩子，我自然有所感應。」
「你不會傷害她？」
「我可以承諾，如果得傷害她才能取得生之息，我願意放棄。」為濟一邊走一邊說，看著前方視線沒有絲毫偏斜。
「你發誓？」

「我發誓。」他說：「我還沒到不擇手段的地步。」

柳條不敢問如果他不擇手段會發生什麼事。昨天那些天眾的慘狀，可不是睡個一覺就能澈底忘記。

「你做的是好事嗎？」柳條問。

「我希望是。」

「能幫我們留下那些男孩子嗎？」

「如果我成功了，地獄口就能封閉，不會再有薜荔多被丟進五濁惡勢。」

「那我能做些什麼？」柳條問：「我是說我能做什麼幫忙銀枝？」

柳條問得太突然，為濟楞了一下才說：「她生產時可能需要一個幫手。平時要注意飲食，過度勞動也不行。切記在她生產之前保守祕密。」

「為什麼？其他的媽媽要是懷孕了大家都會幫忙呀！」

「我很懷疑銀枝能不能得到相同的待遇。」

「銀枝……」

柳條還想追問下去，為濟的口氣很奇怪，好像銀枝懷孕是個禁忌。這是為什麼？沒錯，銀枝沒有在送行時上山，但是沒上山就不能懷孕嗎？

「看來是我們暫時分開的時候了。」

為濟說得沒錯，小路前方有幾個爬行的影子竄動。跑到村子外圍大聲嚷嚷，不知道村民們是不是正在慶祝擺脫黑玉靈芝的惡夢。

「我會找個地方躲起來，這段時間妳自己注意安全。」為濟說：「記得我們說好的故事。」

「我被媽媽打，不開心所以離家出走。這兩天我都在薔山上亂晃，什麼也沒看到。」柳條又背了一次。「我有說錯嗎？」

「有人到薔山卻沒找到妳呢？」

「因為我躲得很好。」柳條擺出一個調皮的笑。「他們都不知道我有多會玩捉迷藏。」

「就是這樣。」為濟說：「我已經清掉妳身上的咒術痕跡，如今妳唯一的罪證就是琉璃心，不過我想妳知道該怎麼處理。」

「我會藏得好好的。」

「保重。」

下一陣風吹來時，柳條只不過瞇了一下眼睛，為濟就消失得無影無蹤。他和金翼都一樣是個怪胎，柳條猜想這也許是自己喜歡接近他們的原因。銀枝也是怪胎，柳條喜歡和怪胎相處，當然她也喜歡普通好朋友，不過怪胎有怪胎獨特的好。

柳條往前走，她能聽見村民們的喧鬧聲。小福村又回到平日打打鬧鬧的生活，實在是一件非常令人開心的事。關於金翼的故事，柳條會想辦法慢慢告訴大家。總有一天，他們會擺脫被送上大船的命運，只要村民們知道真相，一定都會贊成她的建議。他們可以找監齋幫忙，聽那喧鬧多有活力，這是幸福的小福村……

喧鬧聲好像太激烈了。

她快步向前爬，心中暗生焦慮。

到底發生什麼事？

趕上前映入眼簾第一幕，是滾到腳邊的銀枝。柳條還來不及感到訝異，一顆丟歪的石頭就這麼打在肩膀上。這和平常閒著沒事拿木鰲子互扔不一樣，這顆石頭確實帶著惡意。大大小小的石頭、土塊飛來，柳條趕緊彎腰擋在銀枝身前！

「等等、等等！」她急得揮手大喊：「你們在做什麼？」

齜牙咧嘴的的小福村村民手上拿著各種農具當武器，沒分到武器的就隨地撿石頭充數。他們不斷謾罵，吼著柳條聽不懂的話。目標只有一個，就是摔倒在地、全身泥沙、瑟瑟發抖的銀枝。

「住手！」柳條吼道：「你們在做什麼？為什麼要這樣對她？」

有個礙事的白目鬼擋在前面，村民們總算停下來，轉而怒目瞪向柳條。他們像群不會說話的野獸，只知道怒目瞪視，握著武器低吼。群眾間傳來窸窣聲，虎仔花和紅荊走到前頭。

「柳條，妳和妳媽媽回去，這邊讓我們處理。」虎仔花說話，紅荊更直接，伸手揪住柳條的手臂把她往身邊拖。

柳條立刻掙脫母親的手，跑回銀枝身邊擋著。「不要、不要！你們在做什麼？為什麼要打她？柳條又不是壞蛋，為什麼要打她？」

「她是個詛咒。」面目猙獰的村長說：「我們都已經問出來，她也老實承認，龍王出事那天就是她拉故意妳去薔山。她設計陷害妳，還想趁機毒殺龍王。」

「龍王？薔山？」柳條傻住了。「這和銀枝有什麼關係？」

「就是因為她，天眾說要下的雨才會沒下，黑玉靈芝才沒有辦法種下去。我們要把她帶去給落伽谷交給監齋，告訴他們一切都是銀枝的陰謀，天眾才不會怪罪到我們頭上！」虎仔花大聲說，其他村民大聲附和。

「不、不——不可以！」柳條說：「你們都瘋了嗎？銀枝和這件事沒有關係，她也沒有拉我去薔山。我們只是一起去摘艾草而已，大家每天都會到處摘艾草不是嗎？」

「可是沒有人摘到染上巨鵬的毒血。」虎仔花大聲說：「偏偏就是她，就只有她帶妳去薔山才發生這種事。」

「不對、不對，事情不是這樣。」柳條想解釋，但是千頭萬緒在心中亂成一團，她根本不該從哪裡說起才好。「事情不是這樣，銀枝沒有錯，你們不要打她！」

「一定要把她趕到落伽谷去。」虎仔花說：「讓她自己去跟龍王謝罪，求龍王饒她小命，只有這樣才能救我們的村子。這是我們連夜開會講好的事，我們不能再收留她，不然整個村子都會遭殃。」

「開會？你們開了一整個晚上的會就講這個？」柳條氣得跳腳。「我告訴你們不是這樣，你們都被騙了，龍王才不會救我們的村子。牠根本是個大壞蛋，都是牠和天眾一起騙大家，七層他們才會被帶到香海去送死！」

「妳說什麼？」這次發出聲音的是千金。「妳說我們家的七層怎麼了？」

「他們都被送走了，送出香海去了。」柳條再也管不住從昨天開始就壓在胸口的哀傷，她不能對出賣為濟和金翼，但是看看這些傻瓜——他們以為龍王是保護他們的神獸，為了巴不得吞下整個村子的龍王要將無辜的銀枝趕出村子。

「妳剛剛說了什麼？」氣急敗壞的千金推開虎仔花走向前。「妳說我的七層怎麼了？還有三白、五加、九尾呢？」

「他們都被送走了，我知道，我全都知道了。」不能再拖了，柳條必須說出真相。「不要罵銀枝，銀枝沒有錯！」

「妳在講什麼瘋話？」虎仔花搶上來說：「離家出走一整夜，又在這裡說一些莫名其妙的話。紅荊妳快點把女兒帶走，我們還要趕這個妖女去落伽谷。」

「你們不准動銀枝。」柳條再次甩開媽媽的手，趴到地上抱住住銀枝。「是我把龍王毒死的——沒錯，我離家出走就是去落伽谷。我、我有一整瓶的毒血，我不想要種靈芝，所以我離家出走去落伽谷，把龍王給毒死。」

「什麼？」全體村民們瞪大眼睛，不約而同往後倒退一步。

「妳在說什麼？」虎仔花的下巴幾乎要掉在地上了。「妳把龍王給……」

「我不要把玉米筍讓給龍王。」柳條說：「我也不要種什麼鬼靈芝。我說的是真的，他們搶走我們的辛苦種的東西，又只給我們渣餅，我討厭吃渣餅。龍王是壞蛋，他和天眾都一樣，只想把我們騙出海讓怪物吃掉。我不要龍王在這裡，所以我去把牠毒死了。」

柳條說了一次又一次，即使為濟的警告還在耳邊繚繞。看看那些發紅的眼睛，他們很可能在半路上就打死銀枝，柳條絕不能讓這件事發生。就算要因此扛下滔天大罪也沒有辦法，柳條必須說，為了銀枝，也為了為濟和金翼。

「你們都被騙了，天眾根本不鳥我們。」柳條說：「不管我們種多少玉米還是靈芝都一樣，都只是他們丟到海上的魚餌而已。」

有好一段時間，村民們鴉雀無聲，沒發出半點聲音。虎仔花雙手壓著千金和紅荊，像要保護他們一樣，不讓兩人接近銀枝和柳條。

半晌後，身為村長的她好不容易才說出一句話。

「把、把——把他們兩個關起來，絕對不能讓監齋知道。沒錯，絕對不能讓監齋知道，要把他們關在村子外的地洞裡。丟到、丟到黃泥坑好了，沒錯，就丟到黃泥坑，不能讓他們出來。」

虎仔花看著柳條好像看到鬼。

「絕對不能讓監齋以為我們在包庇她，絕對不能讓天眾知道這件事。」

紅荊還想伸手拉柳條，這次阻止她的是白楊嬤。他們母女緊緊抱在一起，淚珠不斷滑落臉頰。他們不敢靠近柳條，兩個手腳比較長的村民拿長木棍走上前，揮著棍子要柳條和銀枝乖乖配合。失魂落魄的銀枝呆呆地往前走，圓滾滾的肚子拖在地上。

好像所有的村民一夕之間，再也不認識曾經一起歡笑、耕作的柳條。好像柳條一直藏著不可說的惡疾，如今終於曝光在陽光底下。突然間恐懼就這麼抓住柳條，嚇得她手腳發冷，每一步彷彿都有千斤重。

她到底做了什麼呀？

十七、天意

黃泥坑是小福村外東南方的一個岩縫，幾近垂直的岩壁只要下去就上不來了。小福村的母親們都警告過孩子，絕對不准接近黃泥坑。那裡頭還有好些小動物的屍體，全是失足後爬不上岩壁的可憐蟲。大雨會把黃色的泥巴帶進坑裡，讓坑底一年到頭都積著糊狀的泥水。

柳條從沒想過自己會被逼著跳進去。

銀枝緊跟在後，柳條趕緊跳到她屁股底下緩住落勢。像團破布摔下來的銀枝萬幸沒有受傷，兩眼無神的她推開柳條，自己躲到角落發呆。那可憐的小東西窩在岩壁旁，空洞的眼睛像條死魚。押他們過來的薜荔多們摸摸鼻子轉頭回家，沒留下來說一句好聽的話。

「銀枝？」柳條試著和銀枝說話。「銀枝，到底發生什麼事了？我是柳條，妳和我說說話好嗎？」

銀枝的嘴唇上下翕動，柳條聽不清楚她說什麼。

「銀枝？」

「他要來接我……」

「誰？妳說誰要來接妳？」

「不、不要打我，他要來接我走了，不要打我……」

「沒有人會打妳了。」柳條靠近一步，銀枝像被蛇咬到一樣往後猛縮。

「不要打我……」

「我不會打妳。妳只要告訴我，誰要來接妳走？」柳條往後退，往坑頂瞄了一眼。「是為濟嗎？」

「他從天上飛下來，我知道他身分尊貴，可是……」銀枝眼神迷濛，不住傻笑。「可是他好香，他的味道……」

柳條倒抽一口氣。到落伽谷走了一趟，她終於明白銀枝身上的氣味是怎麼一回事了。

「妳做了什麼？」柳條問：「是哪一個？」

「他用紫紅色的裙子把我蓋住，他好溫柔……」

這麼說來，當柳條看見香陰的時候，會有那種反應也就不奇怪了。這才是為濟說的祕密，銀枝藏在肚子裡，害她身體日漸腐壞的祕密。

「妳讓他這麼對妳？」柳條問。

「我們可以到三十三天去，只要我的孩子一出世，他就會帶我回三十三天。那些小鬼、老鬼不會再來騷擾我，我不用獨自在地洞裡生活……」

柳條好想給她兩巴掌，看能不能把昏頭的銀枝給打醒。但另一方面，她這麼脆弱無助，惶惶然不知依歸何處的樣子，讓柳條看了心頭淌血。她到底做錯了什麼事，必須承受這樣的命運？四周看不見出路，濕泥巴吸住她的腳，又餓又累的柳條只能往後靠在岩壁上，和銀枝一樣盯著石頭發呆。太陽又要下山了，黑夜來臨。

※

千叮嚀萬交代之後，胭脂菜爬出地洞。雖然心裡不舒服，但是這種時候她也只能相信土松會把同胎的弟弟、妹妹顧好，確保他們不會離開地洞。只要乖乖待在洞裡，就沒有東西會傷害他們，這是祖婆、阿嬤、媽媽，一代一代傳下來的古老智慧。沒有這些古老的智慧，小福村就不會延續到今天。

「胭脂仔？」

摸過自家田埂時，突如其來的叫喚嚇得胭脂菜心臟差點跳出喉嚨。

「含殼你叫魂呀？」胭脂菜回頭低聲罵道：「想嚇死我呀？」

「好啦、好啦，我只是看到你叫一聲而已，不用發脾——」

「含殼、胭脂菜？」

這兩個自幼玩在一起的鄰居握緊彼此的手，回頭怒目瞪視現身月下的雞舌。

「幹嘛啦？」瘦瘦小小的雞舌踮著腳尖，趴搭趴搭像隻雞一樣走向他們。「千金和貼耳狗呢？」

「千金應該先去了。」胭脂菜說：「貼耳狗沒那個膽出門。」

「她的孩子太小了。」含殼補充說。

「紅荊這次也真不幸，生一個獨生結果是這樣。」

胭脂菜和含殼豎起指頭，按在嘴上噓她。

「快走。」胭脂菜帶頭走在前面，三個小小的薜荔多穿越黑暗的田地。這是他們生活了幾十年的地方，一草一木都在掌握中，繞過針口巡邏的路線來到紅荊的地洞輕而易舉。地洞裡的火光比往常微弱，掩在玉米葉串成的簾幕後。

「紅荊？」胭脂菜和同伴們腳步停在火光畫出的玄關外。不能直接站到地洞透出的火光裡，這也是老祖宗傳下的習慣。聽到叫喚的紅荊探出頭，對三人瞇了一下眼睛後，揮手要他們快進去。

「裡面一點。」紅荊把他們趕到洞穴深處，以免影子跑出家門洩漏祕密。千金坐在白楊嬤身邊，用一小塊髒手帕擦眼淚。

「你們都來了？」抽抽噎噎的千金問道：「老檜婆呢？」

「她應該會去虎仔花那裡。」胭脂菜說：「老一輩的都會去她那裡。」

「他們老是圍在那裡。」雞舌嘟起嘴巴坐到千金旁邊。

「有村長在頭上頂著總比我們什麼都沒有好。」胭脂菜拉著含殼坐到對向，紅荊沒加入他們兩邊，拿了林投的皮繼續編籃子。她編了好多個，運氣好的話這些籃子能拿來和賣貨郎多換點東西。

「我猜村長這次也不知道該怎麼辦才好。沒下雨種不出靈芝，龍王要是真的死掉，我們的村子麻煩就大了。」雞舌說：「我下午時聽虎仔花急著要找監齋和纓口，要問他們龍王的事情。落伽谷好像真的出事情，給人放火燒掉還是有強盜什麼的，整個谷都完蛋了。」

「你有看到監齋？」

「有，不過他跟虎仔花只說一下話，然後就走了。」

「說了什麼？」

「叫所有的小鬼待在洞裡。」

雞舌話說完，含殼和胭脂菜倒抽一口冷氣。

「這是什麼意思？」胭脂菜問：「白楊嬤，妳老人家老經驗了，妳知道這是什麼意思嗎？」

「這監齋是跟我們講，不要出去的意思。」白楊嬤說。

「哦，是，不要出去……」胭脂菜抓抓頭，用眼神向同伴求助，只可惜另外三個的目光和她一樣無助。

「我祖婆以前也都這樣跟我說。」白楊嬤用懷念的語氣說：「她都會抱著我，給我拍背講故事。」

「白楊嬤，我們——」

「她都說呀，若是監齋要你們待在地底下就要乖乖待著。上面會發生很恐怖的事情，要是沒注意去聽到或看到，麻煩就會跟著你跑回家。到時候出事情，誰都救不了你。」

白楊嬤的話捻去地洞裡的聲音。雞舌用舌頭頂著上顎，這樣也好，以免說出不該說的話。含殼看著紅荊編籃子，因為看得太過入迷，一句話都說不出來。一時間沒人知道該怎麼把白楊嬤的話接下去，胭脂菜突然有點後悔沒把孩子帶來，那些不知天高地厚的小鬼頭總是能說出些東西打破僵局，或做出些傻事讓尷尬快快過去。

「所以，柳條說的是真的嗎？」終於，有個不怕死的媽媽開口了。「我是說她說的那些事情，紅荊，柳條講的是實話嗎？」

紅荊白了說話的千金一眼。

「千金妳不要傻了。」氣氛緊繃，胭脂菜只好跳出來打圓場。「小鬼胡說八道妳也信？她一個小鬼要去哪裡弄巨鵬的毒血？聽也知道她是要袒護銀枝，才會白賊騙人。」

「胭脂仔說得對。」雞舌也來幫腔。「我有聽虎仔花講，把她關到黃泥坑只是暫時，處罰她白賊亂講話而已。」

「對啦、對啦，就是這樣。」

「我不是說毒死龍王。」千金說：「我是說她講我們的孩子都是送去當魚餌。」

胭脂菜想講些什麼，駁斥她居然相信柳條瞎掰的故事，可是卻說不出話。胭脂菜想到土參再兩年也要參加送行，含殼家裡那三個明年就要上路了。千金今年送走四個，而白楊嬤是小福村的傳奇，當年一次送走十個。

「你們想想，她講的也不是沒有道理。」千金說：「你們誰看過有小鬼變成大勢回來？有哪個村子裡真的出一個大勢，然後整村都跟著到三十三天去？」

「妳怎麼可以講這種話？」雞舌尖聲說：「要是給監齋和針口聽到，我們要怎麼辦才好？」

「可是我不知道該講什麼！」千金的聲音更大。「妳沒有兒子，我的兒子都送到香海去了！我不知道他們會被送去哪裡，我也不知道他們有沒有辦法平安回來，我不知道該怎麼辦，我連哭都不敢哭出聲音……」

千金好不容易止住的眼淚又潰堤了，彎下腰抱著白楊嬤嚎啕大哭。胭脂菜手揪著腰兜邊緣，用力捏緊那一小片可憐的布料。她應該待在家裡，趁還有機會和時間把土參給用力抱緊，而不是在這裡聽千金替自己的孩子哭喪。哪個小福村的媽媽不曾替兒子送行？他們到底是在想什麼，非要圍在一起為這種小事一把鼻涕一把眼淚？

白楊嬤伸出手，摀住千金的嘴巴，壓住她的哭聲。千金的眼淚鼻涕滑過她的手，卻沒看她有半點退卻。白楊嬤撐著千金，替這可憐的母親提供一點力氣保持坐姿，手卻一點也沒有放鬆。雞舌摀住臉不敢看，千金還在哭，哭得甚至比剛才還厲害。

胭脂菜真的、真的不該來。

她只想吐，要不是考慮到紅荊和白楊嬤招待客人辛苦，有一個千金搗亂已經夠麻煩了，她真的會吐出來。含殼躲在一旁摀著耳朵不敢聽，不過胭脂菜自己倒是伸長耳朵在聽。她在聽洞外有什麼風吹草動，聽針口有沒有改變平時巡邏的路線，提前到紅荊家門口。

他們等呀等，等著千金的體力耗盡。薜荔多又瘦又小，沒有多少力氣可以哭，像千金這樣剛送走兒子，連續好幾天精神不濟的又更沒力氣。有那片刻，胭脂菜還以為白楊嬤會把千金悶死了。萬幸，當紅荊終於放下籃子撥開白楊嬤的手，他們還聽得見千金抽抽噎噎的聲音。

「妳不能哭，也不能講。」紅荊指著千金的鼻子說：「我們什麼都沒看到，妳也沒有來過我這裡知道嗎？」

千金點點頭。

「妳們也是。」紅荊對另外三個說：「妳們什麼都沒聽。我們家柳條我會教訓她，可是、可是妳們什麼都不知道，知、知道嗎？」

她語帶哽咽，幾乎沒辦法好好把話說完。可是她說的沒錯，如果想要活命，他們就必須假裝什麼都不知道。柳條只是個愛說謊的笨小鬼，只要監齋和天眾相信，小福村就還有機會。

「我們什麼都不知道。」

該走了，胭脂菜拉了一下含殼的腳，雞舌還待在原地，不知道和千金說些什麼。胭脂菜本來想問，可是紅荊的警告還在耳邊，忽視警告向來不會有好下場。胭脂菜和含殼兩個假裝什麼都沒看到，離開紅荊的地洞，在路上分手往各自地洞去，小福村的夜晚依然寧靜，五百年如一日。

他們已經很習慣了，等回到家會看到孩子擠成一團，嘴裡唸著今天吃過的每一種食物，在夢裡把它們的滋味描述得加倍美好。即使只是油渣壓成的渣餅，也好過什麼都沒有，即使是一條賤命，也好過屍骨在陰溝裡發臭。胭脂菜慢慢學會接受事實，然後活下去。紅荊也許極端了一點，但是她沒有做錯，女兒自己先打一遍，別人動手時總是會帶三分同情。三十三天永恆的月光後依然有陰影，那陰影是長治久安的代價。胭脂菜回到她空無一物的地洞裡，全身一震，彷彿有道響雷當空劈下。

她從來不知道少了孩子，地洞看起來會如此空虛。

※

還記得他摔進森林的時候，那棵刺桐的斷枝只差一點就要貫穿胸膛。好在為濟臨危之際還記得用上最後一點力氣，運勁減緩落勢，才沒橫死在這片樹林中。他戲演過頭，假戲真做了。他大開殺戒，但是舟溺天的大軍讓他看清現實。

單憑為濟一個人殺不完三十三天的天兵天將，而他犧牲之後，舍沙依舊受困於地獄口。只有封閉地獄口送舍沙解脫，舟溺天暴政才有機會崩潰。玄揠是舟溺天的爪牙，誘殺牠等同斷去舟溺天一臂，為濟的時間不多，而且機會只有一次。

為濟受傷敗退——真的假的都有——誤導舟溺天只要留下玄揠就能收拾殘局。就這麼巧讓為濟逃亡時遇上了銀枝，那小餓鬼嚇得花容失色，險些流產暴斃。要不是為濟及時為她渡氣療傷，她和她肚中的孩兒就不保了。而在銀枝身上用掉最後一口氣，讓為濟花了超乎預期的時間恢復，因此錯過了金翼與玄揠之戰。

誰也沒想到玄揠龍王最後，居然栽在一個小餓鬼手上。

出錯的計畫在意想不到的地方拐了個大彎，又重新回到正軌上，可惜的是金翼死了卻沒能換到死之玉現世。為濟不懂，他翻遍文件典籍，唯一符合敘述的只有四聖舍利子與純青琉璃心。如今證實琉璃心不是他尋覓之物，當今的三千世界已經沒人知曉四聖的蹤跡，為濟又要往哪裡去找鎔鑄四聖神魂的舍利子？

為濟站在莿桐樹下，手按在滿是尖刺樹皮上長嘆一口氣。他還有哪個關節沒想通？他沒想通的部分，會藏在一闡提古卷遺落的篇章裡嗎？還是其他的經書中有更關鍵的記載被他遺漏？當初冒著極大的風險潛進瑯邪山書庫，難道他得再回去一趟？

想到瑯邪山，為濟又忍不住再嘆了一口氣。月光從遠方的仙宮灑下，在地上拉出長長的影子。金翼死後，這條路又剩他一個人了。

他沒告訴銀枝真相。真奇怪，原先他還以為遇上這些餓鬼時，會迫不及待地想要揭露醜陋的事實。但事實是當銀枝幫助他一天一天恢復功體時，為濟反而失去說出真相的衝勁。他看出銀枝的身體有問題，她嬌弱的身心已經承受太多風雨，沒辦法承受更多的磨難。

也許是銀枝讓他想到過去的自己。仰澤師兄從來沒告訴過他真相，只用自己的生命設局，讓為濟下定決心離開瑯邪山。那個天真愚昧的他，還曾拒絕相信教養他們一輩子的師尊，其實心中對他們毫無憐惜之意，更別說猜到瑯邪諸仙真正的目的是將門徒送上屠宰場。

那個愚昧的他，日子過得可真逍遙。

天意，那些看不見、捉摸不定的因果，結論是命該如此。

基於毫無緣由的惻隱之心，為濟選擇隱瞞銀枝，讓脆弱的小餓鬼還能抱著美夢過日子。她不像柳條一般好奇又堅強，真相對她而言太殘酷。為了保護她，還有她肚中的生之息，為濟又來到這處與小福村有段距離，曾與他有所牽連的樹林。他有預感，想找他的人會再回來，特別是帝羅多的部眾和龍王慘死落伽谷後。

影子突然變短，銀色的月光突然被染成金色，另一種不同的光降臨。很好，想吸引天眾注意，讓他們把髒手遠離小福村，幾條鷹犬的性命會是很好的誘餌。

「舟溺天最愛說天意不可違，所以讓你們來送死，想必也是天意。」為濟化出休留，轉身面對圍捕他的天眾，腳下的土地浮出點點綠色螢光。「百靈朽木陣，請各位指教了。」

十八、琉璃心

「柳條？」

又冷又餓的柳條抬頭看，好幾對亮晃晃的大眼睛圍在黃泥坑的邊緣。

「土松？」柳條瞇起眼睛，努力想在月光下分辨每個人的樣子。「土桂、土參、土藤？」

「還有木瓜和番石榴，仙草、白鶴草、靈芝草都來了。」帶頭的土松說：「我們拿這個來給妳。」

土松丟了一個嬰兒大小的東西，柳條趕緊伸手接住。沒綁緊的布包碰上她的手臂立刻散開，大大小小的野果掉了一地。

「哇……」尷尬的土松說：「哪些是我們存下來的，掉在地上還是可以吃啦！」

「謝謝。」餓到頭昏眼花的柳條，說出由衷的感謝。她彎腰就著月光，七手八腳東摸西摸，把果實聚攏堆成一座小塔。好在月光月愈來愈亮，讓她做起事來輕鬆不少。堆好後柳條往後退，欣賞自己的作品。

「諸天呀……」坑頂的小薜荔多們驚嘆道：「果子在發光！」

柳條低頭眨眨眼，這才發現胸兜裡的琉璃心掉在野果塔上，映著月光閃爍。她胸兜脆弱的布料不知道什麼時候被擠出一條縫，琉璃心因此漏了行藏。

如果其他薜荔多肯將珍藏的野果偷渡給她，柳條繼續藏著琉璃心就太沒道理了。柳條嘆了口氣，把琉璃心撿起來放到野果堆成的塔上，讓所有玩伴都能看個仔細。除去遮蔽，琉璃心在月光下愈發動人，一眾小薜荔多全都張大了嘴巴。

「那是什麼？」土松問。

「那到底是什麼？怎麼會這麼好看……」土松追問道。

「這是去落伽谷的路上，一個老仙人送我的。」柳條回答說。

「所以妳真的去了落伽谷？」土松又問：「妳真的去把龍王毒死了？」

「我去了落伽谷。」柳條承認，她想把金翼的故事告訴他們，偏偏又答應為濟不說。早上為了保護銀枝她幾乎要打破承諾，現在繼續再說下去可就不妙了。

「別說龍王的事，我不想講。」她說：「告訴我銀枝怎麼了，為什麼大家都要打她？銀枝又沒有做錯事。」

黃泥坑邊緣的小薜荔多們面面相覷。

「我媽說有。」最後還是土松代表回答。「她說銀枝做了十惡不是的事。」

「什麼叫十惡不是？」

「我也不知道，我媽就這樣講，十惡不是。」土松聳聳肩。「反正很可惡就對了。」

「真的嗎？」

所有的視線不由自主看向銀枝，她那縮在岩縫裡發抖的樣子，還真難和犯了大罪的惡鬼做聯想。

「你確定胭脂菜沒說錯嗎？」柳條又問。

「沒有吧……」土松說：「反正我們已經逞罰她了，所以她一定有做錯。」

「這樣也太奇怪了。你不能等打過了，才說她有被打所以一定有偷吃東西，這樣根本不對！」

「啊？」

「我、你、這個——」柳條快氣炸了，為什麼她沒辦法像金翼和為濟一樣，把那些難懂的話說清楚？她好挫折，今天她想辦法要說對的話，可是卻好像得了什麼怪病，不管說什麼都不對。

「媽媽說她這叫私通。」土松說：「有了敵人的孩子。銀枝背叛了我們村子，和敵人亂來。」

「誰的孩子？誰又是敵人？」

「我們也不不知道。只是她變得好香，靈芝草還問我可不可以吃。」

小薛荔多們的眼睛往靈芝草望，靈芝草縮起腦袋瓜躲到柳條看不見的地方。

「反正她很奇怪就對了。」土松下最後的結論。

「我們也很奇怪。」柳條說：「土松你的耳朵比別人還小，木瓜的胸兜比誰都長，土參老是打噴嚏，我也有暴牙。還有你番石榴，你背上那層怪怪的皮什麼時候才會變平呀？」

「我每天都有擦蘆薈！」番石榴氣憤地說：「可是它就是不肯變平！」

「那妳說銀枝該怎麼辦，每天拿木炭畫臉嗎？」柳條大聲說：「我該怎麼辦？拿砂紙把牙齒磨平？」

「我媽說有一種金剛石很好——」

「你敢叫你媽媽把頭髮染紅嗎？」柳條質問土松說：「你有想過也許只是因為銀枝好欺負，所以才有人欺負她？如果她每天都被欺負，那她去找我們的敵人有什麼不對？」

「可是她變香了，那是香陰的味道。我們是薛荔多，薛荔多身上不應該有香陰的味道，這個叫不守本分。」說話的是仙草，他向來知道怎麼見縫插針。「媽媽說如果不守本分，天眾會處罰你。」

「那妳知道我們的本分是什麼嗎？」柳條又問。

「我們要好好種田，做出好香油供養天眾。」仙草說。

「然後有一天，等男孩子都大了，你們都會到香海邊受訓，去對抗五濁惡勢。」柳條說：「如果幸運的話，你會成為大勢，讓整個小村變成受聖主攝用，無上光榮的寶地。」

「沒錯。」

「那你們知道五濁惡勢是什麼嗎？」

「是什麼？」

「五濁惡勢是一條叫舍沙的龍，牠有一千個嘴巴，每一個都大到能夠把整個小福村一口吞下。我都看到了，薜荔多像飼料一樣被倒進海裡，那些龍和天眾就遠遠看著，確定舍沙今年被餵得飽飽的。」

青色的月光繞著柳條打轉，想起金翼記憶中的畫面，柳條就忍不住想哭。她好像還聽得見那些慘叫，驚惶失措的薜荔多拚命想游出漩渦，只是舍沙不會放過任何一個。血渤海中的五濁惡勢轉呀轉，將所有生靈吞沒。

「不只是我們，還有好多人類也是。大家都被騙了，一個接一個丟進五濁惡勢裡，天眾不會救他們，不會救任何人。對天眾來說，重要的是五濁惡勢別氾濫到家門口，為了得到顛倒峰會犧牲誰他們根本不在乎。」

「那個就是顛倒峰嗎？」土松問。

「妳說什麼？」柳條順著她指的方向轉頭，看到背後的石壁上映著堆砌盤旋，直上三十三天的美麗仙宮。「沒錯，那是顛倒峰，只是怎麼會在這裡……」

柳條低頭看，那座野果塔的頂端，琉璃心閃閃發光。潔白的月光照在上面，映出一片青綠的風景。

「真的好漂亮。」土松問：「妳去過嗎？」

「我只有看而已。」柳條說：「還有五濁惡勢那個大漩渦也是。」

隨著柳條的聲音，顛倒峰向下崩塌融化，光影繞成一個恐怖的漩渦。漩渦中心就像柳條曾在夢中看過的一樣，千頭龍王舍沙正在大開殺戒，吞食落入水中的生靈。

「四聖諸天呀……」黃土坑旁的孩子們驚呼倒退，眼神卻無法從那恐怖的畫面移開。柳條鼓起勇氣碰了一下岩壁，岩壁還是原來的岩壁，只是上頭的光影讓它有了不同的樣子。即使心裡知道光影只是虛像，柳條碰到舍沙銳利的尖牙時還是趕緊縮回手指。

「三白和七層他們就是去了這種地方？還有其他人也是？」土松問：「仙人給妳石頭的時候，順便告訴妳這些事嗎？」

「仙人告訴我很多事，好的壞的都有。你們現在看到的，剛好是最壞的那一個。」

土松伸手把土參抱住，她的姊妹們圍到他身邊。仙草、白鶴草、靈芝草三人縮成一團，睜大眼睛瞪著不斷旋轉的漩渦。木瓜和番石榴茫掉了，蹲在坑頂不知如何是好。

「我不要去那個地方。」土參說。

「你不會去，我們一定不會讓你去。」土松激動地說：「你一定不能去！諸天呀！你要是去了，媽媽會說什麼？」

「我不想要去。」土參在發抖。

「土松——」

遠方傳來呼喚聲，柳條趕緊將琉璃心收起來。少了琉璃心的光芒，黃泥坑又變得一片黑暗。

「他們在找你們了。」柳條說：「你們得快點回去。」

「我不要回去。」土參抱住姊姊喊道：「不要把我送回去，我不要去那裡！」

「我不會讓你被送去那裡。」土松也在發抖。「可是我們得先回去，不回去媽媽會把所有的針口都叫來。」

「我不要回去。」土參的眼淚流下來，全身像抽筋一樣扭動。他的姊妹們沒有辦法，只能合力架住他。

「我們得回去了。」土松抓著土參，告別柳條急急忙忙動身回家。木瓜和番石榴也緊跟在後跑了，仙草三個卻站在原地一動也不動。

「你們也得快點回去。」柳條對他們說：「要是被針口抓到，你們會有麻煩的。」

「妳沒有騙我們？」仙草問。

「我沒有。」柳條說：「而且我騙你們有什麼好處？」

「妳要是真的毒死了龍王，妳也會被送去那個漩渦對不對？」仙草問。

「我想是吧。」

「所以我們什麼都沒做，卻和妳這種壞孩子一樣，要被送去餵這個蛇殺？」

「是舍沙，阿難陀龍王。」

「舍沙。」

柳條看得出月光下，仙草和他的兄弟在發抖。但是和土參那種怕到手腳抽筋不同，他們很生氣，因為某個柳條不懂得原因氣壞了。

「木瓜——」

呼喚聲愈來愈近，兄弟三人互換一個眼色。

「我們會再回來找妳。」仙草丟下這一句，帶著弟弟消失在月光下，柳條望著坑頂重重嘆了口氣。不知道為什麼，她好像突然了解金翼時不時唉聲嘆氣的原因。她並不希望事情是這樣揭露，這和想像中的完全不同。她隱約覺得為濟的警告是有原因的，只可惜柳條領悟得太慢。

一片混亂中，只有銀枝還是保持原來的姿勢，縮在岩縫裡。柳條走到岩縫前，伸手想碰她，但這只是讓銀枝躲進更深的岩縫裡。柳條縮手蹲坐在地上，望著漆黑的天空。她從來都沒有仔細看過黑夜的天空，現在周圍好安靜，又沒有地洞遮蔽，她終於看見了夜空。寬廣神祕，又有些嚇人的夜空，雖然正如媽媽說的沒什麼好看，但是就這麼光明正大抬頭望，還是讓她有點不習慣。

「銀枝妳知道嗎，為濟說妳很棒。」她說：「他說妳救了他一次，很有可能也救了鬼蓬萊一次。其他小鬼不知道，但是我知道妳很不一樣。妳的孩子會改變我們的世界，小福村不會再把男孩子送到香海去。」

柳條衷心希望這會是一件好事，否則金翼和為濟就不會為了這件事四處流浪，冒著生命危險對抗舟天聖主。夜空太大又太黑了，柳條只能看清頭上這一小片，然後想辦法指給身邊的朋友看。

「妳看，有個星星！」她說：「妳覺得會不會是妳的孩子，準備要投胎過來？」

銀枝沒有回答，村子那端叫喚的聲音持續。

柳條忍著不去摀耳朵。

※

仙草沒有帶著兄弟沿著黑漆漆的小路回小福村，他們兄弟還沒走進樹林裡就已經有了結論——村子對他們來說已經不安全了。

「我們現在要往哪裡去？」最晚出生的靈芝草一直問：「我不要回去，可是我們能往哪裡去？」

「我們不能回去，回去就會被送去大漩渦！」白鶴草尖聲說：「不能回去！」

「我當然知道不能回去。」仙草用力搓他頭上的亂毛，他也慌了，慌到不知道該怎麼辦才好。說不定一切都只是柳條惡作劇，故意拿一顆會跑出鬼怪的石頭嚇他們。又說不定柳條被人耍了，她口中的仙人愈聽愈不對勁。仙草努力想理出一個頭緒，可是愈想愈覺得只有一個結論可以解釋一切。

柳條說的是真的。

她沒有騙人的理由，而且每年都有男孩子被送去香海也是真的。他們從沒回來過，而小福村所有的孩子都撞見過某家的媽媽躲在田邊、森林、溪邊、某個隱蔽的角落偷哭。即使是在豐收的年頭，即使那個月風調雨順，一整天天氣晴朗。如果他們知道自己的孩子是去送死，那一切就說得通了。

「我們去大吉村。」仙草說。

「什麼？」

「先去大吉村，然後再去豐年村和有順村。」

「我們為什麼要去這些村子？」靈芝草傻傻地問。

「你不懂嗎？」仙草說：「我們去每個村子都只待一下，他們就抓不到我們了。然後我們也把這些事情告訴其他村子的男孩子，如果他們不相信就叫他們來黃泥坑找柳條。我們要告訴所有村子，讓小鬼們都知道被送去香海會有什麼下場。」

「然後呢？」

「我不知道、幹你娑婆的我怎麼會知道！」仙草激動地喊道：「所以我們才要想辦法把事情到處講，叫所有的薛荔多都出來想辦法呀！」

「叫大家來想辦法？」白鶴草和靈芝草睜大眼睛。「對呀，還有這招。」

「大家一起想，總會想出一個好辦法吧？」仙草繼續說：「還有，如果柳條說的仙人是真的，我們也要把他找出來。他既然知道大漩渦的事，一定也會知道該怎麼辦。」

「沒錯、沒錯。」他兩個兄弟忙不迭地點頭。

「而且不能讓大人知道。」仙草又補充說：「大人都只會聽監齋和天眾的話。不能讓他們知道這件事，現在開始，柳條說的故事是我們小孩子的祕密，只有小孩子才有資格聽。」

「每一個小鬼。」白鶴草幫腔說。

「就是這樣！」

遠方傳來呼喚聲，針口的火把在黑暗中愈來愈近。三兄弟迅速交換一個眼色。

「先去大吉村？」

「先去大吉村。」

他們沒命地跑，漆黑的小路往四面八方延伸。

十九、水火

在須彌山頂端，越過重重雲海，直逼宇宙虛空之處，帝羅多眼前是無限光彩的宮殿，稀薄的空氣叫人窒息，皎潔的月光叫人睜不開眼。三十三天淨土中央，由月宮天子護守的月球不斷沁出珍貴的仙露，仙露沿著渠道滋潤須彌山。下界進貢的油品匯入鋪滿蛋白石的浴池中，最受聖主偏愛的天眾能在裡頭沐浴調笑，展示彼此曼妙的身姿。

異香濃重，若非一身殊異修為，天生血脈尊貴，可休想在仙宮大道昂首闊步。帝羅多目不斜視，耳不偏聽，穿越重重宮闈。在這裡生出忌妒之心不是好事，軟弱更是不許，無論他有多想跪下來痛飲溝渠裡的仙露，都必須克制冷靜。

踏進圍繞殊勝千葉池的聖光，感覺就像踏進聖主的懷抱中。小舟旁有金銀雙色的王蓮開放，仙露加持王蓮永不凋零，蓮中盛著舟天聖主的神權象徵，多聞天和廣目天的頭顱。兩顆頭顱頭髮胡亂紮成球髻，彼時威震諸天的兩大天王，如今雙眼微閉，下巴鬆脫，永世與蓮香為伴。帝羅多單膝跪在王蓮池之前，不敢直視漂浮池中的神舟。

舟天聖主無上光明潔淨。

「天主？」

帝羅多睜開眼睛，膽敢打擾他清修的香陰連退三步。

「天主恕罪，實在是情況緊急，萬不得已屬下才會打擾天主……」香陰話說得吞吞吐吐，比平時還要恭敬柔順。枕臂側臥在青蟒身上的帝羅多用眼神將跪在階梯的畜牲奴才凌遲了一次，才慢慢開口問話。

「發生何事？」

「是、是阿耆含將首，還有七大金剛力士……」

「如何？」

「邪道和毒梟闖進落伽谷，阿耆含將首與七大金剛捐軀，玄揠龍王已經蒙主……」

盤身躺椅上的青蟒發出嘶吼，帝羅多眉眼暴突從座位上起立，雙足落地的剎那，寶塔因而隱隱顫抖。望向露臺外的藍天白雲，在那雲霧繚繞之處是他方才夢見的場景，須彌山顛倒峰，視野清朗毫無遮蔽。

無所不在的天眼正看著他犯下不可饒恕的錯。

帝羅多垂下視線，他金碧輝煌的寶塔突然間變得脆弱不堪，像建築在沙地上的城堡，無可遏止的海潮隨時會帶走一切。已經好久好久，帝羅多沒有這種深陷水火的感覺，永遠潔淨油亮的肌膚沁出恐懼的汗水。

「你是飛情？」他瞪向帶來壞消息的屬下，帝羅多記得這個香陰。

「稟天、天主，是、是的……」

「理應護守落伽谷卻怠忽職守，該當何罪？」

「天、天主，邪道修為高強，屬下、屬下……」

「修為高強？既然邪道修為更勝蒼天部七大金剛，超越將首阿耆含，當我麾下奮勇殺敵，戰死沙場時，怎有奴才安然逃生？」帝羅多壓抑聲調，這時不能失控，失去控制就毀了。「不，是誰怠忽職守，誤了通報巡查之責，無上光明潔淨天眼一清二楚。」

看飛情那副嚇得屁滾尿流的醜陋模樣，看來他猜測無誤。

「滾。」帝羅多說：「限三日內了結一切，否則提頭來見。」

「是！」

飛情連滾帶爬離開帝羅多視線。一個畜生，帝羅多不須在意，但只是逞處手下還不夠，他必須有所行動才能替自己扳回一城，挽救岌岌可危的地位。

怎麼辦？

他該怎麼辦？

一個微不足道的凡人鬧事，怎能威脅他多年來堅定不移的地位？他應該立刻揮動大軍包圍鬼蓬萊，將所有禍害一次根除。沒錯，尋常的天眾力士已經不濟事，該讓真正的精銳出動。

不對。

帝羅多向前急奔的腳步停下，身後追趕的香陰也趕緊煞住腳步，一時間叮叮噹噹，珠玉寶石相互敲擊的聲音好不響亮。

不能出動大軍，阿耆含與七大金剛慘虧在邪道手上，出動其他力士就算贏了場面也是難看。堂堂統轄香海全境的蒼天部，居然因為一個凡人邪道出動大軍，菁英摧折。不行，天眼無所不知，處罰還沒降下就是聖主的暗示，暗示他該想辦法挽救一切。解方就在眼前，只要帝羅多想出來就行了，只要想出來，就還有機會……

寶塔外的天空一片靛藍，從須彌山借調而來的雨工在天上悠閒漫步，活像一大隊懶散的綿羊，對即將到來的風雨毫無知覺。這些原先是預備前往鬼蓬萊佈雨的雨工，只是給邪道施了妖法阻擋路程，才會困守在他的寶塔周圍。如今玄搌死，也沒有佈雨栽種黑玉靈芝的必要了，這些雨工還有牧雨的龍鰲該遣人送回須彌山。

或者不必如此？

靈光乍現，帝羅多露出微笑，對著廣闊的露台舉起雙手。青蟒立刻銜著主人的三鈷金剛杵趕上來，天青色的身驅托起主人雙足，帶他直飛雲端。

與其出動大隊圍捕，不如由他一人獨佔所有功勞。讓天眼看看他奮勇作戰的模樣，讓聖主見識他帝羅多不畏艱苦危險獨力殺敗邪道，為聖主取回叛徒金翼盜走的衰敗之劍。興奮的帝羅多雙手顫抖，要面對舟天聖主昔日配劍，需要的可不只是過人的勇氣。阿耆含死，表示就算是聖主御賜的金鋼不壞身，也無法抵禦衰敗之劍。這一次可真要玩命了。

恐懼是必然的，不過等到他將鬼蓬萊徹底洗淨，聖主會提拔他到三十三天上，屆時恐懼自然煙消雲散。聖潔的雨水會洗去一切罪孽，帝羅多的錯誤會在大雨後一筆勾銷。聖主不也如此暗示他嗎？看看那廣闊的天，聖主的恩澤宛若千萬道日光，化成手臂撫慰他全身。

帝羅多仰天長嘯，催動咒語召喚龍鰲！恐怖的吼聲響徹天地，海浪般的烏雲立刻聚集。帝羅多踏著青蟒，帶著這批生力軍直奔鬼蓬萊。大雨會帶來新生，這是千古不變的道理，帝羅多縱聲大笑，轟隆雷霆隨行。

邪道為濟向來最愛振聾發聵，拯救蒼生那一套。聖主襄助他雨工，想必就是要他藉此佈計對付邪道。帝羅多福至心靈，腦中有了清洗鬼蓬萊的絕佳起點，凡人餓鬼注意，你們的救贖來了。

※

「打雷了。」

銀枝抱頭尖叫，無能為力的柳條只能蹲在一旁忍耐，等著電光和哀號過去。她沒辦法接近銀枝，也沒辦法遏止天上的閃電。今天太陽沒有露臉，厚重的雲朵從早上開始就掩蓋整個天空。被丟下黃泥坑兩天一夜以來，除了土松他們來偷看過一次之外，其他的村民通通沒消沒息，好像通通都忘了柳條和銀枝一樣。

有時間沉思之後，柳條慢慢了解，原來自己什麼都辦不到。龍王和金翼決戰時她幫不上忙，為濟遭天眾圍攻時她只能站在旁邊看，就算知道五濁惡勢的真相，除了出一張嘴巴之外她同樣什麼也辦不到。

「阿嬤都說媽媽沒說到的話，全給我這個女兒講完了。」柳條對銀枝說：「這樣說起來我好像很厲害。」

銀枝沒有回應，不再像往常一樣微笑皺眉，或試圖說些好聽話幫腔。銀枝就只是發呆，看著石壁不肯和柳條有任何眼神接觸。柳條放在她手邊的果子連動也沒動，蒼蠅蚊子圍著她飛也毫無知覺。唯一僅存的是驚嚇，突如其來的聲響或是柳條不知好歹的碰觸，嚇得她尖聲慘叫，發了狂一樣想往岩縫裡鑽。

為了她好，柳條只能盡量和她保持距離。

「我猜我們都希望事情能夠不一樣。如果我能像為濟一樣厲害，或是像金翼懂那麼多事情，說不定今天就不會是這個樣子了。」柳條對著掌心裡的琉璃心說：「不知道為什麼，現在我想要的東西變得好多又好奇怪，而且和吃的一點關係都沒有。說不定腦子壞掉的其實是我，我不小心喝到金翼的血所以生病了。」

為濟說過巨鵬的血有毒，也許這就是原因。那種毒會令視聽模糊，思想混亂。

「看看玄掘龍王，牠只不過咬了金翼一口，就變成了什麼樣子。」

琉璃心不像它原來的主人一樣聒噪，待在柳條的掌心中靜靜地聽她訴苦。

「你有答案可以給我嗎？我問的問題會有解答嗎？」

一條繩子從天而降，沒料到這一下的柳條往上抬頭，紅荊石頭般的臉探出坑頂。柳條趕緊把琉璃心收回胸兜，跳上去抓住繩子一溜煙爬上坑頂。

「妳來放我回家嗎？」開心的柳條腳步都還沒站穩就急急問道，紅荊把布包塞給她時差點又把柳條給推下坑。好在柳條大腳丫及時抓住坑頂的岩塊，才沒翻回坑底。紅荊左手抓緊布包，右手扯緊柳條的手臂把她給拖到安全的地方。

「唉唷、唉唷。」雖然兩天一夜來被太陽曬得頭昏眼花，又累又渴，手臂被拉得好像快斷了，依然難掩柳條的好心情。「村長叫妳來接我回去嗎？銀枝也可以回家了嗎？」

「妳快走。」紅荊第二次把布包拋給女兒。

柳條接下布包，裡頭的東西頗有份量，差點又失手把東西弄掉。「走？」

「沒錯，快走。」

「我要走去哪裡？」

「去哪裡都好。看妳是要去流浪，還是跟著賣貨郎去賣東西都好。反正不管怎樣，妳都不准回小福村。」

「什麼？」

「妳聽不懂嗎？妳做錯事了，現在整個三十三天都要來對付妳了！」紅荊吼道：「妳快點走，走得愈遠愈好。只要妳走，天眾就不會對付其他人。」

「我、我不懂。我、我……」

「妳要快點走知道嗎？妳看看天上的雲，在打雷閃電了妳沒看到嗎？快要下雨了，妳再不走就會像愛好村那次一樣，妳想要小福村也不見嗎？」

「什麼愛好村，我怎麼從來都沒聽說過？」柳條把布包丟掉。「我不要走，媽媽不要趕我走，我不要去流浪！我到底做錯了什麼事？」

「妳這個討債鬼聽不懂我說話嗎？」紅荊吼道：「以為天主要逞罰妳還要心煩想藉口嗎？妳再不走，到時候就來不及了！」

柳條抓住媽媽的手。「我不要這樣偷跑，我沒有做錯任何事。把那些男孩子送去香海的不是我，我不要逃跑。」

「妳以為我喜歡嗎？」聲音沙啞的紅荊想要向後退，可是手臂卻掙脫不了柳條的掌握。「男孩子沒了，可是我們還有女兒和媽媽要養。妳以為我喜歡嗎？我只是一個薜荔多，我能拿劍和他們打嗎？妳比較聰明、比較會說話，那妳來告訴我，我到底該怎麼辦？除了把你們送走之外我還能怎麼辦？」

柳條也不知道，這也是為什麼她站在黃泥坑的邊緣淚流滿面。她沒有方向，向來仰賴的媽媽像個孩子嚎啕大哭，突然間整個世界變得好空曠，濃厚的烏雲壓得她喘不過氣。柳條跪坐在地上，身旁是媽媽為她準備好的行李。

「妳再不走就來不及了。」紅荊彎腰握住柳條的手。「不要讓我們村子像愛好村一樣被沉到水底，妳還有機會逃命。妳快點走，我不知道妳是不是認識了什麼人，反正妳跟著他們走，走得遠遠的不要再回來。監齋和針口都不見了，現在走是最好的時機。」

監齋和針口都不見了？這代表什麼意思？

「路上聽到誰跟妳說話都不要聽，真的沒辦法就說不知道。我知道土松他們說的鬼話跟妳沒關係，妳什麼都沒聽說過知道嗎？」

隆隆雷聲在雲端騷動，雨前令人窒息的悶熱掐著脖子。昏暗的天地間勁風吹拂，不時有枯枝落葉翻滾摧折，瞬間柳條直覺竟然是想到已經秋天了，天氣不應該這麼熱才對。今年有好多事不合常理，自從金翼摔到薔山上之後，什麼大小事都不對勁。她居然和媽媽在說話，媽媽居然出乎意料多話，講出長篇大論要女兒快點滾出從小長大的村莊。

灼熱的雨滴落在柳條臉上，她已經下定決心。

「我哪裡都不會去。」

在滿天嘩啦啦的雨點落下時，曠野中還有紅荊心碎的怒號和銀枝的呼救聲。

「柳條……」

「銀枝？」柳條趕緊趴到坑頂。「銀枝？妳你怎麼了？」

坑底的銀枝抬起頭，伸出虛弱的手臂。「我的肚子好痛……柳條，我的肚子好痛……」

「妳的肚子好痛？」

大雨打濕了銀枝身上的衣服，濕透的胸兜和腰兜貼在身上，讓她變形的身體更加突兀。臭味從坑底往上飄，濃黑的血浸透銀枝的下半身，有件不得了的大事發生了。

「妳等我！」

柳條二話不說，順著剛剛爬上來的繩子溜下黃泥坑，急急趕到銀枝身邊。才不過片刻光景，黃泥坑底的泥水已經淹過腳掌，而且還不斷往上升。柳條顧不得銀枝尖聲抗議，硬是把人給扛在背上。

銀枝的重量壓得她呼吸困難，纏在脖子上的手臂像絞索一樣。柳條抓住濕淋淋的繩子，努力回想她是怎麼爬上巨鵬滑不溜丟的翅膀。她得用上每一分毅力，要是失敗，她的朋友也要隨之陪葬了。

「妳不會死在這裡！」第三次從繩子上滑下來的柳條大聲喊道，這時候積水已經蓋過她的小腿。「為濟說他會把五濁惡勢給處理掉，不會再有小鬼被送到大漩渦，妳的孩子一定可以平安長大！」

柳條將繩索纏在手上，每往上一步就多纏一個圈，冒著手腳碎裂的危險往上爬。被雨水浸濕的繩子變得更加堅韌，更加鋒利，粗糙的邊緣割進柳條的掌心。她咬牙往上，手腳並用攀上坑頂。

筋疲力竭的柳條把銀枝先放下，接著才把纏在手上的繩子一圈圈解開。她的掌心都是血，攤在天空下沒多久就被雨水洗掉了，綻開的皮肉發白浮腫。紅荊還蹲在原來的地方，女兒違抗命令的打擊似乎過大，讓她失去了反應能力。

柳條得先擔心銀枝。

「妳還好嗎？」

「我肚子好痛……」氣若游絲的銀枝張著嘴巴，全身不住抽搐。「好痛、柳條、好痛……」

「不會有事的。」柳條硬擠出一個笑給她，然後趕緊躲開銀枝的視線，雙手向下解開她的腰兜。有了上次的經驗，柳條已經知道該從哪裡下手，沒了遮蓋的布，濕滑的血水混著雨水染黑了四周的草皮。柳條先是聞到一股屎尿般的惡臭，然後一股淡淡的清香在雨中瀰漫。

「妳聞，好香的味道。」柳條逼自己說些能幫銀枝打氣的話。「這是好兆頭對不對？這個孩子會和、和──反正會和他一樣香。」

他是誰，他是什麼，似乎不是最重要的問題，重要的是銀枝露出笑容。

「妳說得對，會和他一樣。」銀枝用氣音說：「你看了嗎？會和你一樣？」

「啊──」

那是媽媽的聲音。

柳條聞到淡淡的香味轉濃，濃到像一片針對他們而來的烏雲。她慢慢轉頭，雙腳踏在泥土地上，被雨水打得頭髮衣服散亂的香陰居高臨下看著她。

「把她交給我。」手持匕首的飛情說。

二十、澇洗蓬萊

為濟揮出一劍，然後又是下一劍，在他有所知覺前，已經在鬼蓬萊上走出一條血路。

他要為金翼報仇。

千山踏遍識湖海，回首休留疑情詩。

為濟向來不擅長這些詩詞，比起繁複的咒語，他更擅長的是有攻無守的劍法。在他懷裡的斷頭詩早已不知凡幾，這些紙條在旅途中丟了又寫，來去去始終沒有一篇稱得上完整。

不對，不是詩，他留下的是一具又一具的斷頭屍。這是他的復仇，每當休留揮出，劍下有死無生。金翼愛死他蹩腳的對句，互相挖苦調侃是他們旅途中的趣味。為濟真正擅長的詩句是用血寫成的，寒火掌和斷玉劍法都是仰澤師兄傳授，這位亦父亦友的師兄，留給他的是生存手段。

為濟要為師兄報仇。

如果追捕他的天眾找不到為濟，為濟就殺村子裡的監齋和纓口。說實話除了收稅和大聲說話，他們對村莊沒有半點貢獻，殺他們不但不會影響薜荔多的日常生活，還能有效吸引天眾的注意力。只是為濟得時時提醒自己克制，才不至於將天眾惹到傾巢而出。仰澤和金翼都死了，孤軍奮戰必須要能細水長流，為濟只剩自己一個人了。

生、老、病、死。

老是隨著時間過去，萬事萬物必經的衰亡過程；病是突如其來，捉摸難定的苦痛命運。將兩者合而為一，就是必然與未必然，是道法中易與不易，為濟掌握他們，藉此對付敵人。但生和死是什麼？他看過許多生命消逝，卻始終不能明白。

死有鴻毛之輕，有泰山之重，有若琉璃重青，廣三千神魂同住一玉。

每斬去一顆頭顱，休留就會磨損一分。所以為濟將休留養在體內，用自己的生命去修補休留的損傷，讓與他氣血相通的利劍永遠保持鋒利。他的內在不斷死去，但休留永遠輕薄鋒利，永遠無敵。

與死亡為伍，為濟卻依然找不到死之玉。

他不懂，他原以為自己是是最懂死亡的人。諷刺的是為濟卻意外找到生之息，答案如此簡單，就藏在一個堅持要孩子活下去的母親身上。不管世俗的禁忌，不畏懼隨之而來的苦痛，咬牙苦撐、想爬回村子求救的銀枝，引動為濟體內的苦痛之氣騷動不已。所以重傷的為濟冒著危險，將蓄積在體內的最後一道真氣傳給銀枝，保住她和胎兒。

或許從某個角度來說，為濟也很懂生存。從瑯邪山到鐵圍山，四大海到鬼蓬萊，不管天眾為他設下怎樣的陷阱，為濟總是能突破。他生存至今，求生從考驗成為日常。

這是今天第三個頭顱。

為濟用無頭香陰的裙子拭淨休留，再回頭扒掉另一個無頭監齋的外袍。他的道袍已經不成人形了，得用上好些布料來補。比起柔軟的絲綢，粗硬的棉布會是更好的選擇。幸運的他還找到一個小酒壺，看來是無頭監齋閒暇時的娛樂。為濟二話不說咕嚕嚕全部獨吞，即使是以苦痛之氣鍛鍊過的肉體，偶爾還是需要五穀調養。

有群小薜荔多躲在樹洞裡發抖，一群傻瓜，為濟早說過要他們快跑了。

「你就是那個仙人對不對？」

為濟丟開喝空的酒壺，痲臉的小薜荔多帶著同伴爬出樹洞，說話的口氣像極了柳條。

「你一定是他！」痲臉的小薜荔多喊道：「大吉村的蘿蔔說有個大殺四方的仙人會來救我們！」

大吉村的蘿蔔？

「就是你把琉璃心給小福村的柳條，要她警告我們對不對？」

為濟暗自嘆氣。這麼聽來，柳條把該說的和不該說的通通講完了，這小薜荔多知道自己惹上什麼麻煩嗎？

「我們本來想來問監齋事情是不是真的，結果他就發瘋要殺我們。」痲臉的小薜荔多說個沒完。「他們好恐怖，三個都一樣。好奇怪喔，為什麼監齋、纓口和香陰會一起出現？」

聽起來為濟來得正好。他本來只打算留下一具屍體，好引誘天眾往東方追捕，沒想到就這麼剛好救了這五個小薛荔多。痲臉薛荔多說的沒錯，事情的確奇怪。為濟抬頭看，該是正午時分天空卻滿佈烏雲，天地間宛若向晚一般陰暗。

小餓鬼說得對，為什麼香陰會和鬼蓬萊的監齋，甚至是纓口走在一起？有什麼緊急的事需要佈達嗎？如果是為了玄摳龍王之死，那帝羅多的手腳未免也太慢了。為濟看著天上風雲湧動，原先隱隱約約的預感，如今漸漸坐實形體。

「你們也快逃吧。」他對薛荔多們說：「叫所有人往高處逃，大水很可能要來了。」

「大水？」

「如果你們夠幸運的話，說不定能留下一條命。」

為濟拋下這句話，提氣蹬足躍上天空。他隨風上下盤旋了一陣，然後踏上一股向西的氣流，催動輕功騰空而去。原先收妥的休留再次握在手上，這些雲不尋常，絕不可能只是一場普通的秋後風雨。他的速度飛快，愈往西方小福村的方向接近，愈能感覺到一股沉重的壓力。

為濟加快腳步，同時將身形繼續向上提昇。他要找的東西在雲上，要證實他心中的預感從上方俯瞰最快。天上的雲幕無邊無際，竄上天際的為濟只看到堆疊成山的烏雲，隱隱低吼威嚇入侵者。

雨工？

看牠們一身烏黑，就知道這些不只是普通的烏雲，而是專司暴雨的雨工。他們的模樣與漠海邊的綿羊相去無多，只不過大了幾百倍，口鼻吞吐電光。牠們在天上漫步，身上的雲絮不斷繚繞變幻，成千上萬的黑影罩住整個鬼蓬萊。看來帝羅多不打算放過任何一活口。

憤怒像火在為濟胸中延燒。

有這麼多的雨工，那負責牧雨的龍鰲呢？

為濟出掌推開雲氣，撥出一條路徑。遭人推擠的雨工不耐煩地甩動一身雲絮，擠過為濟身邊繼續向前。放眼望去，龐大的烏雲繞成一個雲渦螺旋向前，負責牧雨的龍鰲想必就在左近驅使雨工。

高度已經逼近為濟功體能負荷的極限，身體幾乎要和周圍的雲氣同化，崩散消失。少有人知道輕功有這層壞處，以法術換取輕盈的身體並非沒有代價，只是絕大多數的修行者都不曾像他一樣嘗試越過雲端。踏上天頂，雲端之上是一片黑暗虛空，向下則可見巨大的雲渦。為濟銳利的視線沿著雲渦邊緣搜尋，雨工的低吼不時隱隱作響。

在哪裡？

迅雷般的一瞬間，為濟倒轉休留，導氣化解襲來的雷電。

幸好那只是一道很弱的電光，是雨工開始布雨的訊號。巨大的羊群昂首吐出雷電，身上的雲絮斷裂散成水珠向外飛灑。

開始了。

雲渦邊緣傳來一聲尖嘯，為濟立刻提劍追去。

和雨工足以遮掩天穹的體型相較之下，龍鰲顯得短小精悍，烏金色的鱗甲層層疊疊覆蓋魚形的身軀，寬大結實的口鼻參有半獅半犬的特徵。牠鼓著四支結實的鰭御風而行，不時發出嚇人的風嘯聲，驅趕雨工往正確的方向行進。一看見為濟靠近，龍鰲立刻昂首咆哮，四周的雨工嚇得吐出電光。

為濟及時收起休留，以毫釐之差躲過迎面而來的雷擊。

只一瞬間，龍鰲又消失得無影無蹤。龍鰲好鬥，一次佈雨只能派出一頭看顧雨工。要解澇洗之劫，負責佈雨的龍鰲會是關鍵。為濟鎖定雲渦邊緣躁動的電光，再次化出休留追上。只要斬殺龍鰲，失去束縛的雨工就會四散而去。大雨才剛開始，現在除去龍鰲還不算太晚。

血盆大口衝出雲幕，早有準備的為濟立刻當頭一劍劈下！

三重金色咒印在龍鰲身上一閃而逝，鱗甲竟將鋒利的劍鋒擋下。攻勢受挫的龍鰲扭頭鑽回雨工之間，一時半空中風雷交加，炸出一波波雨點打在為濟臉上。為濟沒有選擇，只能暫時退到外圍躲避雷電，再繼續繞著雲渦追捕龍鰲。

帝羅多在龍鰲身上加上整整三層護體咒印，要一一破解需要時間，最快的解方是天衰神老。這是個再明顯不過的陷阱。帝羅多不可能只放出龍鰲執行任務，這次和殺阿耆含不同，絕不能莽撞。暗中虎視眈眈的帝羅多一定會有後著，正等著他拔出天衰神老。

為濟是自作自受。是他自以為是帶來這場浩劫，三十三天上的舟溺天，想必正用天眼天聽監控這一切，在睡夢中哈哈大笑。雲渦外不遠處，渾身金光閃耀，戰袍戰甲嚴正威武，手捧三鈷金剛杵的帝羅多腳踏青蟒而來。他雙眼緊盯著為濟，俊美的臉孔冷若冰霜。

「殺我將首，帝羅多自當親手為麾下雪恨。」

他單獨前來嗎？也許真是如此。玄揠在他的部眾護持下慘死落伽谷，為了保住性命和地位，看來帝羅多豁出去了。他這一仗勢在必得，為濟也只能背水一戰。

「大逆邪道，下地獄懺悔吧！」

他又錯了，為濟從來不認為自己需要懺悔。休留、休留，在這條血路上，可別妄想能留下什麼。

為濟挺劍刺出，時間不多，得快。

※

「你要做什麼？」

和長了馬頭的監齋不同，香陰扭曲的地方是他的腳，又或者該說是爪子。飛情跨出裙擺的腳和圓潤身體比較起來，像樹枝一樣又細又難看，詭異的節瘤在關節處突出，裹著鱗皮活像剝光的玉米梗。這真的是那個在半空亂飄、來到村裡對所有人頤指氣使的飛情香陰嗎？

濃重的氣味讓柳條不得不相信，逼近鼻尖的匕首也是。

「不要過來。」柳條擋在銀枝身前。「我、我不會讓你帶走任何東西。」

「奉天主之命，我要帶走這個違法犯紀的薛荔多。」飛情說：「識相者退開，省得我動手。」

「銀枝沒有做錯任何事。」柳條說：「拜託你，不要這樣，她快死了，我要趕快找人幫忙！」

「這愚蠢的薛荔多死了對所有人都好！」飛情吼道：「她以為自己是誰？居然把我和荑情打賭說的話當真，讓我在帝羅多天主面前出醜。我這一次不會犯錯，宰了她之後從此和你們這些下賤的餓鬼一刀兩斷。」

「你怎麼可以這樣？」柳條說：「你知道銀枝為你受了多苦嗎？要不是為濟，她差點就要死了。她被人丟下黃泥坑的時候，也都還想著要離開村子，和你一起到三十三天上。這樣你還、還完全不在意嗎？」

飛情的樣子好可怕，瞪大眼睛好像要把人吞下去一樣。柳條不敢退縮，也不能退縮，銀枝只剩下她了。

「妳這渾身泥巴的餓鬼還真多話。」飛情一腳把柳條踢開。「如果妳這麼想死，等我宰了她自然會輪到妳。反正早點送妳上路也好，大雨要來了，說不定這麼做反倒慈悲一點。」

他走向銀枝，舉高手中的匕首。

「是你……」銀枝對他舉起雙手。「你來接我了嗎？」

「沒錯，我來接妳了。」飛情說：「接引妳你前往淨土。」

說時遲那時快，銀枝發出撕心裂肺的哀號，剎那間遲疑的飛情往後退了一步，柳條孤注一擲的泥巴球趴地一聲打在他腳上。

「妳——」飛情轉向柳條。「妳竟敢丟——」

柳條又丟出一把泥巴，她手邊什麼都沒有，只能撿什麼算什麼。

「妳好大的膽子！」

柳條嚇得抱頭鼠竄，卻又不敢跑得太快。她怕飛情會先殺銀枝再來追她，只能一邊繞著銀枝打轉，一邊想辦法吸引香陰的注意力。好在雨水把泥土弄得鬆軟，隨手一挖就有一大坨。柳條一邊跑，一邊丟泥巴球，滿臉泥巴的飛情踩著笨拙的腳步想追她。

「妳以為妳跑得掉嗎？」飛情躲開第三顆泥巴球，總算記起自己的能力，腳步凌空飛起來直撲柳條。「我要把妳千刀萬剮，挖出妳的心臟逼妳吞下去！」

突然一顆石頭狠狠砸中他的頭，柳條張大嘴巴，吃進了不少雨水。紅荊手裡握著石頭，像個歪曲的稻草人在風中抖到全身都快散了。

「你、你……」她想說話，但卻什麼都說不出來。

「妳如果乖乖站著不動，我還會饒妳一命。」飛情說：「現在妳休想逃！」

柳條丟出的泥巴正好打在他臉上，飛情氣得哇哇大叫，搖頭晃腦想把眼睛和嘴裡的泥巴弄掉。紅荊趁機跑向柳條，抓著她就要逃，但是柳條下意識抓住身旁的銀枝想帶她走。手臂被人硬扯，銀枝痛得大聲哀號，三個連成一串進退兩難。

「快逃！」

「不行！」

眼看飛情就要恢復視力，腦中靈光一閃，柳條甩開母親的手撲向前方。飛情又重新踩在泥地上，機會只有一瞬間，柳條還記得金翼非常討厭她碰觸某個地方——她往前撲倒抓住飛情的一隻腳趾，用盡全力逆著關節的方向折！

飛情尖聲慘叫，甩開柳條衝上半空。風雨將他身形吹歪了一點，但沒能阻止他一路往上飛，衝進雷霆交加的烏雲中。

「發生什麼事了？」銀枝問：「柳條，妳還在——啊！」

「銀枝！」嚇傻的柳條清醒過來，匆忙爬回銀枝身邊。

雨中不容易把東西看清楚，等柳條清楚看出發生什麼事的時候，無助的淚水隨即潰堤。銀枝下身泡在血水裡，一團紫紅色的肉球在裡頭飄，一點又一點分辨不出形狀的碎屑灑得到處都是，濃到讓人噁心的香味就算是大雨也沖不掉。還在發抖的紅荊靠過來摟著柳條，母女抓著彼此的手，圍在銀枝身旁無能為力。好安靜，除了風雨聲和銀枝的喘息，曠野上沒有其他聲音。

「他來接我了對不對？柳條，妳說他在哪裡，我的樣子還好嗎？」銀枝說：「我有聽見他的聲音，他喜歡孩子嗎？我的孩子……孩子長得怎麼樣？像我還是他？」

柳條深吸一口氣，握住銀枝滿是血水的手。「像他。」

「太好了。」銀枝笑了。「我的孩子會很漂亮。」

紅荊別過頭去，柳條也很想這麼做，但是銀枝還抓著她。

「我們要到天上去了，到三十三天之上過好日子。不用再種田了，不用辛苦流汗就為了那一點油。我的孩子會在有好多好多花的地方長大，我會幫她梳頭髮，然後換上漂亮的衣服。他會照顧我們，柳條妳快說他會照顧我們，他會把我們照顧得好好的……」

銀枝的聲音愈來愈小，好像感應母親垂危一樣，那團柳條分不出形狀的東西伸出一隻小手。

「銀枝！」柳條驚呼道：「妳的孩子！」

「對，我的孩子……」銀枝眼中湧出淚水，像要掐死人一樣握緊柳條的手。「照顧他……我的孩子……」

所以她知道？看著漸漸失去光芒的眼睛，柳條不知道該點頭還是搖頭。銀枝的夢只剩一個怪胎，躺在一團混亂中連個具體的形貌都沒人說得上來。紅荊把柳條的手腕從銀枝手裡拉開，把漸漸僵直的身體擺正。

「她走了。」

柳條放開手，耳朵聽見媽媽的聲音，卻不懂這句話的意思。走了是指銀枝回家，今晚暫時看不見她了嗎？還是會像金翼那樣，會有股烈火席捲，將一切證明她存在的證據燒得一乾二淨？柳條耳邊響起怪聲音，好像有個不甘心的怨魂在遠方嘶吼，掙扎著要再吸一口氣……

「這孩子……」柳條撲向地上的孩子，那醜怪的東西伸出小手，對著大雨無力揮舞。「他還活著？」

「他活不久了。」紅荊說：「看看他，連吸氣都吸不了。把他放下吧，妳什麼辦法都沒有。」

她說的是對的，可是柳條不知道該怎麼放下這孩子。把他像垃圾一樣丟在地上，等他自己斷氣嗎？不行，柳條辦不到，這是銀枝的孩子，是銀枝臨死前託付給她的責任。可是媽媽說的對，孩子的氣息愈來愈弱，很快就要停了。

除非有人能給他一口氣。天上電閃雷鳴，在蓄山的方向有兩道令人膽寒的光正不斷互相衝撞，將紊亂的雲流攪得加倍渾沌，愈發嚇人。

「還有一個辦法。」

柳條抱著滿身是血的嬰兒，他醜怪的小臉正慢慢轉黑。柳條不用什麼天眼神通，也看得出他隨時有可能斷氣，但即便如此，還是有那麼一絲希望。如果當初為濟能在銀枝險些流產時救她一命，那一定也會有辦法救這個孩子。

真氣，她不知那是什麼東西，但她相信為濟，而銀枝相信她。

「我馬上回來。」柳條丟下這句話，抱緊孩子在大雨中跑了起來。

二十一、休留

風飄雲亂天雷響，響徹九泉鬼神驚。

每一次出手，金剛杵便夾帶風雷神力，急速貫穿雨幕轟垮山川土石。為濟不敢直攖其鋒，藉風雨繚亂穿梭在雲幕間，躲避帝羅多攻擊。

「邪道，不敢面對天譴嗎？」

斷玉劍法，分金錯玉。逮到帝羅多出手空隙，為濟竄出雲層連出三劍，劍劍刺向關鍵要害。帝羅多不及反應，霎時中招。為濟乘勝追擊，左掌凝功殺入，重重打在胸口要害上！

寒凝霜三尺，摧心絕生機。

「嗯？」帝羅多面露冷笑。「怎麼，就這點功力？」

金色咒印一閃而逝，沒有選擇的為濟只能推手退避，躲開帝羅多的重拳。落空回返的金剛杵險之又險錯過臉頰，勁風壓得為濟呼吸困難。

「破不了聖主御賜的金身咒印，你能奈我何？」帝羅多握住金剛杵砸向為濟面門，同時青蟒張開血盆大口，直攻他毫無防備的左手！

火映秋水，休留殘生。

換氣吐納，一次呼吸間休留迅速易手。為濟左手劍併合陰火氣勁，行雲流水斬下青蟒首級。帝羅多怪吼一聲，再次擲出金剛杵。慶幸倉促間帝羅多失了準頭，為濟及時收劍凝功，護住周身不受雷電襲擊，借風勢向後急退。錯身而去的金剛杵落在一處熟悉的小山上，擊毀了山腰的土牆。

慌亂間為濟定睛一看，他們的追逐又回到原地。高度下降不少，雖然能讓為濟運氣更順，但少了烏雲阻擾視線，帝羅多出手更能鎖定目標。為濟只希望雨水多少也能收到相同的效果，能幫他擾亂帝羅多的攻擊，拖延時間。

「拖延只是延長痛苦。」帝羅多招回武器，三鈷金剛杵在他手上不斷爆出電光。「天時、地利皆在我手，此戰你必敗無疑。」

為濟只有一把劍，還有孤身一人。

「拿出你自豪的衰敗之劍，讓我看看殺我愛將之劍，是如何兇惡危險。」

為濟不能。

「還是你不能？」帝羅多道：「愚蠢邪道，你的心思早已被我摸透，你以為能救得幾人？不論如何選擇，你和鬼蓬萊都注定淪亡我手。」

如果殺他，為濟就沒有辦法阻止龍鰲滂洗鬼蓬萊；殺龍鰲，為濟就沒有辦法阻擋帝羅多的暴行。簡單的兩難，困住只有一柄天衰神老的為濟。他亮出休留，即使心中明白這根本不足以對抗帝羅多。

「納命來。」

彈指間，帝羅多再次出手，金剛杵飛嘯而來。為濟抓緊時機，引氣吐息引雷上劍，立時風雲雨電凝聚成矛，天河水會合霹靂火擋下金剛杵無匹威勢。受風雲雷雨之氣加持，休留自生黏力吸住金剛杵，脫手半空旋轉，化解帝羅多神雷餘勁。

「陰陽敕令，運轉如意。」

帝羅多皺眉握拳，威猛撲向對手！為濟咒語不斷，同時再起掌勢，寒火掌納陰破月。

「著！」

大喝一聲，為濟將到手的金剛杵甩回，帝羅多不及反應突來之變，被自家武器擊中胸口。頓時戰甲寸寸爆裂，炸出金光燦爛一片。為濟收回休留，藉機再退三尺，心中不斷默數時間和距離。

失去戰甲的帝羅多收回金剛杵，扯下身上殘餘的戰袍甲冑，隨手扔進大雨中，袒胸露腹面對敵人。他英氣逼人的臉孔向上抬，一身金光燦爛沒有半點損傷。輕描淡寫地跨出三步後，兩人再次回到雲渦邊緣對峙，為濟好不容易爭取到的緩衝又沒了。

「以我之矛，破我之盾，高明。」他說：「但可惜，天意難改。」

沒錯，天意難改，縱使戰甲報廢，層層咒印依然圍繞帝羅多周身。為濟的詭計對付得了帝羅多華而不實的甲冑，卻破解不了舟溺天的咒印。他凝神細思下一步，生機渺茫，雨水浸得他滿手濕滑，幾乎要握不住劍柄。

帝羅多有本錢傲慢，孤身前來是他的自信，想必也是想親手報仇雪恨。為濟能想像帝羅多提著人頭，踏上須彌山在舟溺天面前邀功的諂媚模樣。傲慢的天眾也會有屈膝的時刻，這大概是為濟死前最後的調劑。

「誘我追擊，遠離雨工，好削弱雷霆之力。又引風雲雷雨交會，合道術與掌法奪我金剛杵，破我戰甲。確實，有對手如你，阿耆含與七大金剛敗得不冤。論戰中求生，你確實是我見過最頑強的人類。」帝羅多冷冷地說：「但這又如何？不論你有多少生存手段，聖主依然將你玩弄股掌之上。你心疼那些為大義犧牲的餓鬼又如何？沒有犧牲，就沒有當今和平盛世，憑你小小邪道如何違逆天意？」

「你口中的天意是自甘墮落。」為濟利劍指著帝羅多的鼻尖。「不論舟溺天把自己說得多麼崇高，終有自食惡果的一天。」

「可悲邪道，難道以為憑你一人，就能對抗三十三天萬千神兵嗎？」帝羅多說：「你連自救都難，要如何拯救你口中的蒼生？到頭來，不過空口白話，癡人說夢。」

「說到底，你還是話太多了。」

就在雨工嘶吼，雷霆擾動的瞬間，為濟立即舉手揚劍，天衰神老應召而出。帝羅多還來不及有任何反應，衰敗之劍併合苦痛之氣回身斬下，從為濟身後接近的龍鰲正面受劍，護身金印霎時寸寸破裂，鱗甲腐壞脫落。拖戰帝羅多，他等的就是這一刻，等待繞行雲渦佈雨的龍鰲回到原點送死。只要龍鰲一死，失去制約的雨工便會趁機四散逃亡，鬼蓬萊得救了。

為濟後背承受無匹衝擊，和慘叫的龍鰲一同墜落。

※

柳條抱著銀枝的孩子往薔山上跑，她能看到一金一綠的光影來回交擊，不時震盪出令人膽寒的聲響。大水淹沒她的雙膝，她得把身體挺得非常直，前進時才不至於喝到水。

「為濟！」柳條高聲呼喊，二點水成了汪洋，薔山在風雨中孤立。要爬上山得把腳趾插進濕土裡，再加上一隻手抓著倒伏的草木匍匐向上。到最後柳條連嘴巴都用上了，伸長脖子用大暴牙去叼從山上垂下來的藤蔓，卯足了吃奶的力氣爬上山。

這是薜荔的藤蔓，薔山山腰的牆被沖垮了。生死交關的一刻，她腦中閃過這個想法。泥沙、髒水跑進嘴巴裡，柳條左手抱緊懷中冰冷的孩子，單手雙腳像條泥鰍一樣努力鑽上薔山。

「為濟！」

被打垮的土牆倒在地上，土石交疊倒在前方。柳條攀住其中一塊大石頭，爬上去暫時脫離可怕的泥流。天空中交錯的光影停下來了，一道嚇人的閃電猛然橫過天際，炸出一片雷網。爆裂聲讓柳條全身的毛髮指向天空，無助的她抱著銀枝的孩子尖叫，努力想幫孩子和自己蓋過恐懼。這只是閃電而已，天還沒塌下來，就算小福村都已經泡在水裡，只要為濟還沒放棄她就不會放棄。

恐怖的黑潮來得無聲無息，阻斷了一切聲響，讓天地間靜了下來。柳條一手抱頭一手抱孩子，鼓起勇氣睜大眼睛向上望，只看見巨大的影子在北方落下，然後是一個小一點的，直往薔山而來。

她記得這種恐怖的感覺，還有那個雨中落下的身影

「為濟！」

柳條跳下大石頭，撲通一聲跌進水坑裡，嘴裡又吃了不少泥巴。大雨不知為何緩了下來，天空中好像生出無數好奇的眼睛，躲在烏雲後偷窺人間的騷動。柳條不懂這種感覺從何而來，劈劈啪啪打水往高處直奔，她得快點去接住為濟。

「為濟、為濟！」

往前奔跑時，她一顆心也像要衝出胸口般難受。可憐的為濟倒在魯花樹旁，全身都是泥巴和血滾下來。雨水打在他單薄的身上，這不服輸的小道士還握著劍，掙扎想從地上爬起來。

「為濟！」柳條帶著銀枝的孩子趕到他身邊。「快點，我把銀枝的孩子帶來了！你快救他，救他就有生之息——你不是要生之息嗎？快點救他！」

「我……」為濟看起來很痛苦，哀傷的眼神讓柳條的心直往下沉。

「為濟？怎麼了？」

「妳來得太晚了。」為濟幽幽地說：「這孩子已經沒命了。」

這是什麼意思？柳條愣住了，她不是已經一路跑上蓄山，把孩子送到為濟面前了嗎？他現在說這句話是什麼意思，難道柳條這麼努力全是做白工嗎？

「不、不會的，你快點抓他的腳，就像你幫我和銀枝做的那樣。」柳條抓起為濟的手說：

「快點，抓一下就會好了。」

「我辦不到。」為濟說：「我沒辦法起死回生。」

「為什麼？你不是有那把很恐怖的劍？你不是……」柳條放開為濟，試圖說些什麼，一定有更聰明的話能說服頹喪的為濟拿出實力。雨變小了，希望就在眼前，只要他拿出一點真氣救銀枝的孩子，就能拿到生之息不是嗎？他說過生之息很重要，柳條也幫他送來了不是嗎？

可是他說的必定是實話，否則不會有如此哀痛欲絕的眼神。金翼死了，銀枝死了，他們受的苦只是一場空。

「可悲、可嘆呀。」

柳條回頭，俊美堪比雨後初陽的帝羅多天主就站在身後，金黃色的雙足沒有沾染半點泥汙，油亮光潔的體態和他們兩個在泥水裡打滾的凡胎沒有半點相似之處。

「你殺龍鰲又如何？逆天終究痴人說夢。」

帝羅多一揮手，為濟挺身幫柳條擋下這一擊。但無奈，他根本無力對抗天眾，手上的劍瞬間給人打落。柳條急著要幫忙，反倒跟著被帝羅多揮開，鬆手讓毫無聲息的孩子滾落在地。

「只要我再開天門，立刻就能召喚龍鰲佈雨。所以到頭來，你誰也救不了。」帝羅多說：「渺小愚蠢如你，終究難敵我等神力。」

他踏步往前，舉起手上的金剛杵，威嚇的模樣說明了他的意圖。柳條心念急轉，還來不及細思已經撿起地上的休留，舉高對著帝羅多大喊。

「你不要過來！」

柳條不顧一切用劍指著眼前的天眾。她得做點什麼，只要夠為濟恢復救救孩子就夠了。

「大膽焰口，造反了嗎？」帝羅多怒目道。

「我、我拜託你不要再靠、靠近了！」柳條大喊：「我沒有想做什麼，只是拜託、拜託你，我要救銀枝的孩子。拜託你、你不要再靠近了！」

「妳？」帝羅多勃然大怒。「妳？憑妳一個低賤餓鬼竟敢阻撓我？」

「沒、沒錯。」柳條的眼中冒出兩泡淚水，手上還是緊握劍柄。「你不要過來，我知道你是誰，拜託你不要過來。我只是一個渣渣、渣餅、沒關係，但是你不要過來！」

「下流鬼道焰口，面見天主應當屈膝俯首。」

「我聽不懂你在說什麼。」柳條的聲音哽噎，卻還是勉力說下去。「我拜託你別再靠近。你不要再傷害我的朋友，我要幫忙為濟，為濟要幫忙我救銀枝的孩子，我要、我要、拜託你快點走開！」

憤怒的帝羅多面目扭曲，手上的兵器隨時有可能把柳條砸得頭破血流。彷彿示威一樣，他繼續往前走，劍鋒刺在他袒露的胸腹上，劍身彎曲變形。

「是舟天聖主無上光明潔淨，法力庇佑庇護爾等，妳這下流焰口才能平安度日。如今妳竟不知感恩，膽敢拔劍相向？」

柳條嚇壞了，張大嘴巴進退兩難。劍尖沒像她看過的那樣刺穿帝羅多，只是彎曲得更嚴重，隨時有可能摧折。她的手抖得幾乎握不住劍，滿口鮮血為濟勉強從地上撐起身體，卻什麼也沒辦法做。他另一把恐怖的劍掉在一旁，泡在水裡像垃圾一樣。

「食而不噍的骯髒焰口就該知其分寸，乖乖待在田裡。抗命的下場，唯有死路一條。」帝羅多說。

他的眼睛好可怕，柳條知道他會動手，天眾殺她可以像殺一隻惱人的蚊子一樣漫不經心。她終究不是為濟，她拿在手上的劍威脅不了天眾。媽媽說得對，她們還能做什麼？看著他的眼睛，柳條頓時明白天眾擁有一切，根本不會在乎村民的死活，薜荔多只是丟進海中餵舍沙的渣餅而已。

「退下。」帝羅多冷冰冰地說。

「我不要！」崩潰的柳條喊道：「我討厭你，你醜死了，你的嘴巴比死老鼠還臭！我不要再聽你鬼話，你們說的都是謊話。我要救銀枝的孩子，不管你說什麼我都不會離開，我會像為濟一樣打架打到底——你不要再靠近了！」

帝羅多舉起金剛杵猛力砸下，宛若天雷劈落的一擊，夾帶九天電光要將大逆不道的薜荔多燒成灰燼。柳條愣在原地睜大眼睛，看著白光籠罩全身，然後世界變得漆黑，帝羅多的身影還有萬事萬物消失得無影無蹤。

有什麼吸走了她身上的光。

這就是死亡嗎？一個渾身腐肉的鬼怪踏出黑霧，金粉從他身上剝落後化成紅色鏽塊，落進滿是積水的泥地，混成髒兮兮一坨一坨的醜樣子。他是來接柳條的鬼差嗎？這股突如其來的惡寒是怎麼回事？如果阿嬤的故事是真的，來接她的應該是牛頭馬面不是嗎？

一隻手壓在她肩膀上。這就是了，牛頭馬面。鬼怪張口想說些什麼，但是他斷裂的腿骨沒辦法支撐他，身體歪斜倒在地上，慢慢萎縮腐爛。

「原來如此，生之息。我總算懂了，原來生之息在這裡。」

為濟？

柳條慢慢回頭，為濟搭著她的肩膀，哈哈笑了兩聲又給自己嗆得直咳嗽。

「什、什麼？」

雖然狼狽不堪，臉上雨水汗水血水分布不清楚，但為濟笑得好開心。

「我總算找到了。」

「為濟，你到底在說什麼？你說你找到生之息了，在哪裡？銀枝的——」說到這，柳條趕忙丟下劍回頭望，銀枝的孩子黑糊糊的小小一塊，還躺在泥濘中。

「這是銀枝的孩子？」

柳條點點頭，把孩子從地上撿起來。「我、我不知道該怎麼救，我想來找你，然後就……」

為濟沒有說話，他的笑容已經沒了。細小的雨水洗掉他們臉上的血汙，柳條總算能看清楚孩子的樣貌，他和銀枝一樣有張小臉，身體小小的像剛從豆莢裡剝出來的黑豆子。

「我只是想找你幫忙。」柳條說。為濟沒有回話，讓小薛荔多抱著死去的孩子窩在他膝蓋上，放聲嚎啕大哭。大雨過後，天地煥然一新，剛睜開眼睛的新生命，總是免不了一陣哭嚎。為濟靜靜等待，沒有打斷柳條，此間寧靜沉重，宛若一個儀式。

雨慢慢停了，烏雲漸漸散去。

※

雖然花了一點時間，但積水終究還是退了。小福村的村民找到兩具形貌可怖的屍體，回來吐了三天還吃不下飯。細節和那些被雨水沖走的垃圾一樣下落不明，唯一確定的是整件事的起因、轉捩點、結束都是一個小薜荔多，還有一個外來的凡人。

傷勢穩定之後，為濟燒了龍鰲和帝羅多的屍體，謝絕村民的好意，獨自搬到薔山上休養。不知道為什麼，為濟好像對那堵倒塌的土牆很感興趣，還拿曬乾之後的土塊幫自己堆了一個窩。只是他沒住在村裡，對仙人好奇的孩子們暗自扼腕，大人們則通通鬆了口氣。

「這東西想找還找不到了。」柳條和其他小鬼上山送食物時向他問起土牆的事，為濟淡淡地說了這句沒人聽得懂的話。土松和土參姊弟互換了一個眼色，木瓜和番石榴張大嘴巴呆呆望著為濟。片刻後，他們斷定這句話不重要，低頭從布袋裡把玉米拿出來，堆成一堆之後各自離開。

「他們還是很怕你。」獨自留下的柳條說。

「我習慣了。」為濟說：「我一直是個異端。」

「你是個好人，如果不是你，我們還傻傻地聽監齋的話種黑玉靈芝呢！」柳條說：「我們的玉米現在可以拿來吃，阿嬤知道好多玉米的煮法，大家還一直吵葉子到底能不能吃。」

「聽起來很熱鬧。」為濟說。他還是那一身破爛道袍，縫縫補補像是小孩不要的爛娃娃。不過現在這個坐在石頭上微笑的為濟，和當初落伽谷那個大開殺戒的為濟比起來，多了一股說不出的親切感。柳條猜是因為他拿玉米葉來補衣服，還有一頭亂髮愈來愈像薛荔多的緣故。

「找回琉璃心了嗎？」

「找回來了，就掉在黃泥坑底下，我可能爬上來的時候不小心弄丟了。」柳條說。而說到找東西，她又想起為濟宣稱在她身上找到的祕寶。生之息？怎麼可能，她只是一個小薛荔多，怎麼可能會有這種寶物，更別說她自己完全不知情了。

「妳想問什麼就說。」為濟說：「我看妳擺那張臉已經好幾天了。」

「你那天丟在一旁的劍到底怎麼了？為什麼你本來被打得慘兮兮，又突然變得那麼厲害？」柳條立刻問道：「還有生之息，到底是發生什麼事，為什麼我身上會突然有這個東西？你做了什麼？」

「不是我，而是妳做了什麼。」

「我？」

「苦痛之氣和衰敗之劍都是破壞的力量，我原先將它們藏在體內互相牽制。一旦脫離我的身體，這兩股力量就會漸漸失控，而我的修為只夠在它們完全失控前揮出一劍。我和帝羅多對決落敗時，是妳帶來生之息，才讓我有力量第二次揮動天衰神老。」

為濟看著柳條的眼睛。

「一念即起，百千萬億，乃至恆河沙數無可計量。長久以來我一直誤解這段話，往錯誤的方向追尋生之息。」

「我好像還是有聽沒有懂。」柳條垂下肩膀。「如果我和你一樣聰明就好了。」

「沒關係，慢慢來。我也是花了好長的時間，才終於學到這些教訓。」為濟說。雖然他這樣安慰柳條，只是如果可以的話，柳條希望能一瞬間學會他口中那些複雜難懂的事。小福村有好多事情等著一個聰明人幫忙，大家東摸摸西摸摸瞎搞，實在不是辦法。看看地上那些醜玉米，好像天眾跑掉之後，連玉米都不知道怎麼長大了。

「玉米不是很好看。」柳條說：「雨水把東西都打壞了，我們有搶收一點，可是不漂亮。好在針口和監齋都跑光了，沒人管我們。仙草從大吉村那邊回來說不只是我們這裡，大雨一開始下，其他村子的針口、纓口、監齋也都跑了。村長們在開會，討論我們應該怎麼辦。」

「你們會有一段苦日子，康莊大道不會像雨滴一樣從天而降。」為濟說。

「這樣呀……」柳條想問康莊大道是什麼意思，可是有個沉重的東西還壓在胸口，有可能是那顆失而復得的琉璃心，也可能是其他的事，害她問不出口。土牆倒塌之後，原先掛在上頭的薜荔全都倒在地上，果實全都爛光了。雖然有人動手修整了藤蔓，把敗壞的地方除去，但它們有辦法長得像原來一樣好嗎？

「銀枝的事我還沒說過抱歉。」為濟說：「早知如此，也許當初我不應該把真氣渡給她。」

「我不怪你，銀枝也不會。」柳條說，難得最近說起銀枝沒有流眼淚。

「只可惜我沒辦法為她做得更多。」

「我說不怪你了，如果不是你，我們這裡就全完了。」柳條看著為濟，他憂愁的臉真讓人難過。不知道是不是身體裡藏的怪劍和怪氣的關係，就算面對面說話，感覺仍然和為濟隔著好遠好遠的距離。柳條原以為他們兩人距離應該更近，光憑一起和天眾打過架，他們不就應該是無話不說的好朋友才對嗎？

「金翼要我提醒你不要放棄。」

「金翼？」為濟抬眼看著柳條。

「沒錯，牠把龍王的心肝吃掉之後是這樣告訴我。」

「老傻瓜。」

「我也想告訴你一句話。」

「什麼？」

「你不是一個人。」柳條說：「我知道你都是自己一個人拿著劍到處跑，殺殺殺什麼的。但後來你不就認識金翼了？現在你又認識我們，說不定你待久一點，土松他們也會喜歡你。你只有一個人，別把一切扛在肩膀上。」

柳條沒說的是她不希望為濟像銀枝一樣，孤單憋著心事，直到最後才崩潰決堤。可是這樣的事好難說清楚，更別說銀枝這兩個字還壓在她心頭上，剛剛沒漏出來的眼淚，眼看又要冒出頭了。

「妳哭了嗎？」

「沒有。」柳條用手背揉眼睛。「總而言之，你不是一個人。」

「妳說過了。」為濟說：「然後妳又說我只有一個人。」

柳條頓時愣住了。「我、我說，那個是……」

又急又氣的柳條漲紅了臉，鼻子耳朵悶了一股熱氣難以抒發。很好，她這下知道為什麼金翼和為濟會是朋友了，他們同樣小心眼、愛挑人語病。

「謝謝妳，我心情好多了。」他說：「難怪金翼會喜歡妳。」

「你們都是壞蛋。」柳條嘟噥道。

「我聽說過這件事。」為濟對著太陽的方向不知道比劃了什麼，一道黑色的法印憑空出現又迅速消失。

「你做了什麼？」柳條問。

「只是一個結界，我最近每天都會幫你們補強一點。苦痛之氣能封鎖天門，擋住天眾幫你們爭取時間。接下來你們會需要每一分力量，想清楚下一步該怎麼走，才有辦法和三十三天抗衡。」

「我們辦得到嗎？」柳條又問。

「你們有顆滿溢生息的心，這樣暫時就夠了。」為濟回答。

「我不只有生息，還有純青琉璃心。這樣叫優勢對不對？」

「沒錯。」為濟點點頭。「妳有想法了？」

「只是一個想法。」柳條露出大大的笑容，告別後一邊衝下山一邊呼喚朋友們集合。

當晚，她告訴全村下一步的計畫，並且得到年輕一輩毫無保留的支持。等到爭論議定之後，她又帶著朋友們跑上薔山想告訴為濟這個好消息。

薔山上空無一人。

「他走了嗎？」土松對著荒山野草問：「那我們的計畫怎麼辦？」

「當然還是要做下去。」柳條回答：「你們看看人家這麼熱心，我們怎麼可以輸他？」

她指的是畫在大石頭上的圖案。為濟在他打坐的大石頭上用歪歪扭扭的線畫了一塊地圖，樣子活像蟲蛀過的番薯，上頭標記了好幾個地點和路線。

「這是什麼？」番石榴也湊過來歪著頭問。

「我想這是我們住的地方。」柳條非常肯定。「為濟一定有偷聽我們說話，所以走之前告訴我們該往哪裡去。」

「我們要往哪裡去？」土松又問。

「當然是香海呀！」柳條回答：「我們昨天說了，要去把七層他們帶回來。還有其他村子的男孩子，整個鬼蓬萊的男孩子。」

「鬼蓬萊？」這下所有的小鬼都在抓頭了。

「我們要快點上路。」柳條走在最前面帶路下山。「不過放心，路上我會把知道的事情都告訴你們，然後再去告訴其他的薜荔多。重點是不能停下來，畢竟我們有好多事要說，有好多路要走。」

【完】

釀奇幻58　PG2511

善提經：
鬼道品

作　　者　言　雨
責任編輯　陳彥儒
圖文排版　黃莉珊
封面設計　王嵩賀

出版策劃　釀出版
製作發行　秀威資訊科技股份有限公司
114 台北市內湖區瑞光路76巷65號1樓
電話：+886-2-2796-3638　傳真：+886-2-2796-1377
服務信箱：service@showwe.com.tw
http://www.showwe.com.tw
郵政劃撥　19563868　戶名：秀威資訊科技股份有限公司
展售門市　國家書店【松江門市】
104 台北市中山區松江路209號1樓
電話：+886-2-2518-0207　傳真：+886-2-2518-0778
網路訂購　秀威網路書店：https://store.showwe.tw
國家網路書店：https://www.govbooks.com.tw
法律顧問　毛國樑　律師
總 經 銷　聯合發行股份有限公司
231新北市新店區寶橋路235巷6弄6號4F
電話：+886-2-2917-8022　傳真：+886-2-2915-6275

出版日期　2021年8月　BOD一版
定　　價　320元

讀者回函卡

Printed in Taiwan

國家圖書館出版品預行編目

善提經：鬼道品 / 言雨作. -- 一版. -- 臺北市：
釀出版, 2021.08
面； 公分. -- (釀奇幻 ; 58)
BOD版
ISBN 978-986-445-483-9(平裝)

863.57 110009600